Contents 目次

プロローグ	4
第1章	5
エピソード 1	6
エピソード 2	30
エピソード 3	44
エピソード 4	58
エピソード 5	92
エピソード 6	122
エピソード 7	151
エピソード 8	189
エピソード 9	196
番外編 温もり	219

R.B

Red Butterfly

The Characters
登場人物

綾 Aya
荒んだ家庭に見切りをつけ、高校入学を機に、家を出ることにした少女。生活費と学費を稼ぐため、夜のバイトをすることになるが…

響 Hibiki
綾がバイトで勤め始めたクラブで、綾を永久指名した20代後半の男性。いわゆる「特殊な」仕事をしている。

瑞貴 Mizuki
夜の繁華街に溜まる少年たちのリーダー的存在で、綾の高校の同級生。綾のことを誰よりも気にかけている。

凛 Rin
繁華街の溜まり場で出逢った少女。女の子らしい外見とは正反対に性格は男前。綾にバイトを紹介する。

雪乃 Yukino
綾が働き始めた高級クラブのママ。綾を気に入って可愛がる。響とは昔からの付き合いらしい。

プロローグ

綺麗な花から花へ…。

好きなものだけを選んで優雅に舞う蝶(ちょう)。

あの頃の私は"蝶"になりたいと思っていた。

本当に好きなものだけを手に入れて華麗に生きていたい…。

いつもそう願っていた。

だから私はTATTOO(タトゥー)を彫ったのかもしれない。

どんなに願っても、『蝶』にはなれないと分かっていたから…。

現実にはいないような真紅の蝶々。

妖艶(ようえん)な赤い蝶々 〜 Red Butterfly〜

第1章

Red Butterfly

…別に私は不幸なんかじゃない。
特別な家庭の事情って訳じゃないし…。
ベタなドラマの設定みたいによくある話。
父親がギャンブル好きで仕事もせずに多額の借金を作ってある日突然、行方不明になった。
母親はそんな父親に見切りをつけて毎日遊びまくって日替わりで違う男を家に連れて来る。
父親と母親にとって一人娘の私はただ邪魔な存在。
そんなこと自分でもよく分かっている。
どこにでもあるような話。
そんな境遇の子なんて、この世の中数えきれないくらいいる。

父親がいなくなって二年経った頃、自分はこの家に要らない存在なんだと思い知った。
だから、私は高校入学と同時に家を出ることを決めた。

「アンタ、一人暮らしすれば？」
父親との離婚が正式に認められ、借金取りから追われることがなくなった母親が言った。
「お金出してくれるの？」

「いいわよ、その代わり私が出せるのは部屋を借りる時に必要なお金だけ。毎月の生活費は自分でどうにかしてね」
「はぁ？」
生活費って…。
毎月の家賃に光熱費に食費…。
それに勉強嫌いの私が頑張って合格した高校の学費。
「それって普通のバイトで生活していけんの？」
「バイトなんてしなくていいわよ」
「じゃあ、どうやって生活するの？」
「男を見つければいいじゃない。アンタ、私に似て顔だけはいいんだから」
母親が高校入学を控えた娘に言う言葉じゃない。
でも、この人はそういう人。
それに"一人暮らし"はこの人にとっても私にとってもおいしい話。
私がここに帰って来なければ、この人は男を連れ込み放題。
私だってこの人が男を連れて来る度に気を使って真夜中に外に出掛ける必要もない。
「…分かった。私ここを出て行く」
正直、お金の当てはあった。
だから私は頷いた。
「そう、頑張ってね」
母親は私にそっくりな顔でニッコリと微笑んだ。

「凛、バイト紹介してくれない？」
一人暮らしをすることが決まった私は、その日の夜、繁華街の溜まり場に姿を見せた遊び友達の凛に声を掛けた。

「なんで？　綾、お金に困ってんの？」
「困ってるっていうか…」
「短期？　長期？　額は？」
まるでどっかの派遣会社の面接官みたいな凛の質問に思わず苦笑した。
「長期で稼げる方がいい」
「長期で稼げるって言ったら秘密のバイトがあるけど…綾、"売り"はイヤでしょ？」
「そうだね、"売り"は勘弁」
「だよね…。そんなバイトを綾に紹介したら私が瑞貴に怒られるもんね」
「はぁ？　なんで瑞貴が出てくるの？」
「え？　あんた達付き合ってるんじゃないの⁉」
付き合ってる？
私と瑞貴が？
「私達は、そんな関係じゃないよ」
凛の大きな勘違いに私は鼻で笑った。
「…でも、寝たんでしょ？」
「うん、寝た。…っていうか、なんで知ってんの？」
「…綾と瑞貴を見てたら分かるよ」
凛が呆れたように笑った。
「…そう」
「好きだから寝たんじゃないの？」
「瑞貴のことは好きだけど…恋愛の対象じゃないから」
「それ瑞貴も知ってるの？」
「うん、話して納得してくれたから寝たの」
「そっかー」
凛も瑞貴も私の遊び友達。
母親が男を家に連れ込む度に繁華街で時間を潰していた。

そこで仲良くなったのが凛だった。
背が低くて、クリクリの大きな瞳に柔らかそうな髪の女の子らしい凛。
その外見とは正反対のサバサバした性格。
その性格が、私にはピッタリだった。
どちらかと言えば女の子らしい性格の女は苦手。
すぐに泣いたり、一人で行動できない子と一緒にいるとイライラしてしまう。
初めて凛と会った日、外見を一目見て絶対に友達にはなれない人種だと思った。
でも、一緒に過ごすうちに彼女の性格が好きになった。
今では会わない日がないくらい毎日一緒にいる。
同じくらいの歳の家に帰りたくない子達。
そんな子達が夜になると集まってきて自然と仲良くなっていく。
別に次の約束をして別れる訳じゃない。
でも翌日には、まるで約束をしていたかのようにみんなが集まってくる。
同じ時間を過ごすうちに仲間意識が強くなっていく。
いつのまにか私達は一つのグループになっていた。
それは、学校の仲良しグループみたいなモノじゃない。
深夜の繁華街に集まってくるような子達ばかりのグループ。
表立って何かの目的があって行動する訳じゃない。
でも、裏でやっていることを外部の人に言うことはできない。
…だって、裏でやっていることの殆(ほとん)どが違法なことだから。
バレたら警察だって動くだろうし、この辺のチームだってヤクザだって黙っていないと思う。
まぁ、目をつけられるのは時間の問題だと思うけど…。
警察なら、まだいい…。
捕まっても鑑別(かんべつ)か最悪でも年少(ねんしょう)。

できれば、年少なんて行きたくないけど、いつかはここに帰ってくることができる。

人生になんの希望も持っていない私達は、自分の経歴に少々の傷が付いたとしても痛くも痒くもない。
年少に行ったことを自慢気に話す奴だっているくらい。
そんな奴を尊敬とか羨望の目で見ている奴もどうかと思うけど。
でも、相手がヤクザだったら完全にアウト。
"反省したフリ"が通用する相手じゃない。
未成年のガキに本職が本気になる訳はないけど。
やっていることがガキの遊びの域を越えていたら。
…だから、私達がもっとも注意しないといけないのはヤクザだ。
危険ならそんなことしなければいいって言われたらそこまでなんだけど。
ガキの私達にだって"金"は必要。
与えてくれる人がいないなら自分でどうにかしないといけない。

金がないと生きていけないのは大人もガキも同じ。
合法で稼げないなら、違法で稼ぐしかない。

凛は驚く程の人脈を持っている。
同じくらいの歳の子はもちろん、上は30代から40代くらいまで。
なんでそんなに顔が広いのかは分かんないけど。
その人脈を駆使してお金が必要な子にバイトの斡旋をしている。
凛が紹介してくれるバイトは、コンビニの店員から売春まで職種は様々。
そんな凛に私はバイトを紹介してもらおうと思った。
「月、どのくらい必要なの？」
凛が私の顔を覗き込んだ。

「最低30かな」
「"売り"なしで30ねぇ…」
やっぱり、"売り"なしで月30万は無理か…。
30万あれば、生活費と高校の学費払っても余裕があるんだけどな。
だからって、身体使ってまで稼ぎたくないし…。
「あっ‼」
頭を抱えて悩んでいた凛が大きな声を出したと思ったらケイタイを取り出した。
慣れた手つきでケイタイのボタンを押して耳に当てた。
「お疲れ様でーす‼」
いつもより高めの声でケイタイの相手に話しかける凛。
「あのー、まだ人って探していますか？」
『…』
「よかったー！ 働きたいって子がいるんですけど…」
『…』
「はい。私とタメなんですけど、身長も高くって顔も綺麗だから歳がバレることはないと思います」
『…』
「分かりました、明日ですね。連絡してその子に伝えておきます」

凛は「お疲れ様です」と言ってケイタイを閉じた。
「綾、明日の夕方面接だって」
「はぁ？ 明日？」
「うん。私もついていくから‼」
「なんのバイト？」
「キャバ‼」
…。

…キャバ？
…それって、キャバクラのこと!?
「…無理!!」
「なんで？」
「私にお水の仕事なんてできると思ってんの？」
人見知りで短気の私には絶対に務まるわけがない。
「大丈夫だよ。別にそこで指名取れっていうんじゃないんだから。ヘルプでいいんだし」
「…ヘルプ…」
「先輩にちょうど頼まれてたんだよね。『ヘルプで使える若くて見た目の良い女の子紹介してくれ』って。綾ならAランクだと思うよ」
「Aランク？」
「そうお店の女の子にランクをつけてんの。AからDまでランクがあってAが最高ランクなの」
「なに？　それ…」
なんか女をバカにしてんじゃないの!?
ステーキ用の肉じゃないんだから…。
「ちょっと失礼な話だけど…。仕方ないのよ。この業界も厳しいし、そのくらいしないと客が集まらないんだって」
しみじみとキャバクラの実情を語る凛。
今の凛がどうしてもタメに見えない…。
「それに綾、お金欲しいんでしょ？」
「…」
「もし、Aランクなら指名取らなくても出勤するだけで保証金が一晩で5万だよ」
「ご…5万!?」
「うん。魅力的でしょ？」
一晩で5万って言ったら、月6日働けば30万…!?

「ねぇ、凛」
「うん？」
「それって本当に怪しい店とかじゃないでしょうね？」
私は凛の肩を掴んだ。
「当たり前じゃん‼　さすがに綾を騙そうとは思わないよ‼」
「本当でしょうね？」
「本当だってば‼　私、綾に殴られたくないし‼」
凛は両手を自分の顔の前に出して顔を左右に振りながら後退りした。
「綾‼」
後ろから男の声が響いた。
「あっ‼　綾、瑞貴が呼んでる‼」
私は小さな溜息を吐いて凛の耳元で囁いた。
「明日、面接の前に連絡ちょうだい」
「うん！　分かった」
凛がニッコリと微笑んで頷いた。
声がした方を振り返ると男の子達の集団の中心にいる瑞貴がこっちを見て手招きしている。
「凛、明日ね」
私は凛の傍を離れ瑞貴の元に向かった。
思いっきりダルさを強調しながら、瑞貴の前に立った。
「なに？」
用事があるなら瑞貴がこっちに来ればいいのに…。
「なんで不機嫌な顔してんだよ？」
歩道と車道を仕切るガードレールに腰掛けている瑞貴が下から私を見上げてくる。
「不機嫌じゃなくてダルいのよ」
「ババァみてぇだな」
瑞貴が楽しそうに笑った。

13

「私、アンタとタメなんだけど」
「知ってる」
いつまでも笑い続ける瑞貴に溜息しか出てこない。
「なんか用事があったんじゃないの？」
私の言葉に笑いを止めた瑞貴。
「凛と何を話してたんだ？」
瑞貴がメッシュの入った茶色い髪を鬱陶しそうにかきあげた。
「髪、切れば？」
凛との会話の内容を話したくない私はそれとなく話題を変えた。
「なんで？」
「鬱陶しくない？」
「別に、お前の方が髪、長いじゃん」
瑞貴が私の胸の下まである髪を指差した。
「私はいいの。似合ってるんだから」
「じゃあ、俺も似合ってるからいいじゃん」
瑞貴は自信たっぷりに言い放った。
「…自分で言うなよ…」
私は小さな声で呟いた。
その声が聞こえていないのか瑞貴はニッコリと微笑んだ。
…確かに…。
瑞貴はカッコイイと思う。
綺麗に整っている眉の下にある切れ長の瞳に、筋の通った鼻、薄くて形のいい唇。
その顔にクセ毛風の髪がよく似合ってる。
169cmある私より頭一つ分高い身長。
まだ成長期の真っ最中だからもっと高くなるはず…。
長い手足。
人を纏めるのが上手でこのグループでもリーダーみたいな存在。
軽そうな外見と正反対の性格。

仲間には限りなく優しくて、なにがあっても絶対に見捨てたりなんかしない。
相手が警察だろうとヤクザだろうと仲間のためなら牙を向ける。
私から見たら完璧な男。
「なんの話をしてたんだ？」
ボンヤリと瑞貴を見ていた私はその声に我に返った。
「え？」
「凛と話してただろ？」
前髪の間から覗く瞳がまっすぐに私を見つめている。
「あぁ、バイトを紹介してもらおうと思って」
「バイト？」
瑞貴の眉間に皺が寄って、声が低くなった。
…だから話したくなかったのに…。
「なに？」
私もまっすぐ瑞貴を見据える。
瑞貴と私は付き合っている訳じゃない。
だから私がバイトをしようとしてても文句言われる筋合いはない。
何も間違ったことなんてしてないんだから堂々としていていいはず。
周りにいる仲間達の話し声と笑い声が聞こえる中、私達はお互いに視線を逸らすことはなかった。
どちらかが折れないとこの沈黙が終わることはない。
私も瑞貴も似たもの同士。
なかなか、折れようとはしない。
私の口から、溜息が漏れそうになった時、瑞貴の口から舌打ちの音が漏れた。
「…場所変えようぜ」
先に口を開いたのは瑞貴だった。

瑞貴が行こうとしている場所は分かっている。
その場所に行って何をするのかも…。
「私、明日面接があるんだけど」
「あ？　明日の話して逃げてんじゃねぇーぞ」
「逃げてる？　誰に言ってんの？」
「お前以外に誰がいる？」
「ケンカ売ってんの？」
「そう望むんなら、いくらでも売ってやるよ」
「上等じゃん」
私は瑞貴の胸倉を掴んだ。
「ここでいいのか？」
私に掴み掛かられても瑞貴は表情一つ変えようとしない。
いつもと同じ余裕の表情。
それが余計にムカつく…。
瑞貴は私がここで殴れないことを知っている。
知っていて私を挑発しているんだ。
このグループでの決まりがあるから。
居場所がなくてここに集まる私達にとって仲間は家族同然の存在。
だから、裏切りやグループ内部でのケンカや殴り合いは厳禁。
もし、その決まりを破れば二度と繁華街に来ることはできなくなる。
法律も守れない私達が唯一守る決まり事。
その決まりだけは絶対。
何があっても破る訳にはいかない。
私は瑞貴の服から手を離した。
その手を掴んだ瑞貴が私の耳元で囁いた。
「殴りてぇーならいくらでも殴らせてやるよ。でも、場所を変えてからだ」

瑞貴は場所を変えて話が終わるまで私を帰らせるつもりはないらしい。
なにも答えず瑞貴の顔を見据える私を鼻で笑うと顔だけ後ろを振り返った。
その瞬間、瑞貴の手を振り払おうとしたけど、しっかりと掴まれている手は私の手首から離れることはなかった。
「ちょっと出てくる。なんかあったら連絡してくれ」
近くにいた男の子に瑞貴が声を掛けると、その子は、頷いて右手を振った。
「行くぞ」
そう言いながら、私の手を引いて歩き出す瑞貴。
私の手を掴む瑞貴の力が強かったから…。
瑞貴の手は私の手を離すことはないと分かったから…。
私は瑞貴の一歩後ろを歩き出した。
連なる車のテールランプ。
眩しいくらいのネオン。
静まることを知らない街。
絶えることのない人の波。
楽しそうな笑い声。
そんな街を、私は瑞貴の背中だけを見つめながら歩いた。

「綾、ビール取ってくれ」

広い部屋に大きなベッドと大きなテレビ。
そして、ビールとミネラルウォーターしか入っていない小さな冷蔵庫。
テーブルの上にはテレビのリモコンと瑞貴がさっきまで身に着

けていた時計と指輪とブレスが置いてある。
何度も来たことのある瑞貴の部屋。
２週間前に私はここで処女を捨てた。
瑞貴にあげたんじゃなくて、私が捨てたくて捨てたんだ。

フローリングの床に直接腰を下ろした瑞貴が、ベッドに腰を下ろそうとした私に声を掛けた。
「自分で取れば？」
私は、アンタの彼女でも嫁でもないんだよ!!
「あ？　お前は飲まねぇーんだな？」
「飲むに決まってんじゃん」
「じゃあ、自分の分を取ってこいよ」
…自分のならいいか…。
私は立ち上がるとベッドの脇にある冷蔵庫に向かった。
扉を開いて缶ビールを掴んだ瞬間…
「綾、パス!!」
突然、大きな声が響いて、驚いた私は瑞貴目掛けて缶ビールを投げていた…。
勢いよく瑞貴に向かって飛んで行く缶ビール。
それは、見事に瑞貴の手の中に納まった。
「サンキュ!!」
勝ち誇った笑みを浮かべる瑞貴。
…やられた…。
私は、缶ビールを掴むとドアを閉めベッドに腰を下ろした。
美味しそうにビールを喉に流し込む瑞貴を横目に必死で悔しさを噛み殺していた。
負けず嫌いな私。
別に今のは勝ち負けの問題じゃないんだけど…。
瑞貴の作戦に嵌ったことが悔しい!!

「飲めよ」
機嫌のいい表情を浮かべる瑞貴。
それが一層私のイライラを増幅させる。
「言われなくても飲むわよ」
私は、缶に口をつけると勢いよく喉に流し込んだ。
中身を飲み干した私は缶をテーブルに置いた。
「イッキかよ…」
瑞貴が呆(あき)れた声を出す。
その声を聞いて私は「勝った!!」っと思った。
ようやく悔しさから解放された私は瑞貴に言った。
「瑞貴、ビール取って」
「はぁ？」
「早く!!」
舌打ちをした瑞貴は渋々立ち上がり冷蔵庫から缶ビールを取り出し私に差し出した。
それを受け取った私は気分良くタバコを銜(くわ)え火を点(つ)けた。
煙を吐き出した時、瑞貴が口を開いた。
「なんのバイトをするんだ？」
「は？」
「バイトするんだろ？」
「うん」
「なんの？」
「お水」
「…お水？」
またしても低くなった声。
私は、それに気付かない振りをして言葉を続けた。
「そう。キャバクラ」
「…」
なにも言葉を発さなくなった瑞貴。

19

私もタバコの煙を吸い込み、瑞貴の顔から視線を逸らした。
しばらく続いた沈黙を破ったのは、またしても瑞貴だった。
「いくら、必要なんだ？」
その言葉の意味が理解できなかった。
「…なにが？」
「金だよ。いくら必要なんだ？」
「なんで、そんなこと聞くのよ？」
「俺が出してやるよ」
…こいつ、なに言ってんの？
「なんで、私がアンタに金を貰わないといけないのよ？　私のことナメてんの？」
「…」
「…一回寝たくらいで調子にのらないで」
瑞貴は何も言おうとしない。
ただ黙って私の顔を見つめていた。
まっすぐな視線。
一度爆発した感情は止めることができない。
他人はもちろん、自分でさえも…。
「私は言ったわよね？　彼氏なんて要らないって!!　そんな存在必要ないって!!　それでもいいってアンタが言ったんでしょ!?　だったら彼氏みたいなこと言わないでっ!!」
感情が溢れ出して呼吸が乱れる。
このまま、ここにいたらもっと感情が溢れ出してしまう。
そう思った私は、立ち上がって玄関に向かおうとした。
「綾!!」
瑞貴の低く良く通る声が響いた。
その声が余りにも切なそうで…。
悲しそうで…。
私は、思わず足を止めてしまった。

その瞬間、手首を掴まれた。
「どこに行くんだ？」
「…帰る」
「帰さねぇーよ」
瑞貴が掴んだ私の手を引いた。
私がどんなに頑張っても男の力に敵う筈がない。
全身に温もりを感じた時、私は瑞貴に包み込まれていた。
私の溢れ出した感情を鎮めるように背中を撫でる瑞貴の手。
…私とタメのくせに…。
まるで大人が子供をあやすような手つき。
「悪かった」
いつもは、絶対に人に謝ったりしないくせに…。
こんな時にだけ謝る。
瑞貴だけが悪い訳じゃないのに…。
「…もう、いい」
小さな声で呟いた私。
…瑞貴は分かっている。
私の扱い方を私以上に分かっている。
…時間は流れているのに…
私はそれを感じない…。
私から離れようとしない瑞貴。
「高校はどうするんだ？」
耳元に瑞貴の熱い息が掛かる。
「行くわよ」
「本当か？」
「そのためにバイトするんだから」
「…どういう意味だ？」
やっと私の身体から離れた瑞貴の瞳が顔を覗き込んでくる。
「私、家を出ることにしたの」

「は？　なんで？」
「そうすることを親も私も望んでいるから」
私の言葉を聞いて瑞貴は何かを考えるように宙を見ていた。
「親はどこまで出してくれるんだ？」
「部屋を借りる時に必要な分だけ」
「生活費は？」
「だから、バイトするって言ってるんでしょ？」
「…なるほどな」
瑞貴が納得したように頷いて、小さな溜息を吐いた。
「ここに住めばいいじゃん」
瑞貴の言葉に私の口から溜息が漏れた。
…こいつ…。
全然分かってない。
もしかしたら、さっき「悪かった」って謝ったけど、なんで私がキレたのかさえ分かってないのかもしれない…。
「なんでよ？」
「なにが？」
「なんで私がここに住まないといけないのよ？」
すごくムカつくけど、怒るのがダルい…。
「お前がキャバクラなんかで働くのが嫌だからに決まってんだろ」
「ねぇ、瑞貴」
「あ？」
「あんたが私のことを好きなのは勝手だけど、私の生活のことにまで口を出さないでくれる？」
私の言葉に瑞貴の表情が険しくなった。
瑞貴の気持ちを分かっていてこんなことを言う私は最低だ…。
…でも…。
私は瑞貴の気持ちに答えることはできない…。

「…そうだな…」
弱々しい瑞貴の声。
その声に私の胸は締め付けられる。

瑞貴だけが悪い訳じゃない。
…もし、私が瑞貴のことを好きになれたら…。
瑞貴の気持ちを受け止めることができたら…。
瑞貴にこんな顔させなくていいのに…。
一人で繁華街にいた私を仲間として迎えてくれた瑞貴。
気が付くと瑞貴はいつも私の傍にいた。
まるで私を見守るように…。
口が悪い私達はいつも口喧嘩ばかりでじゃれ合っているみたいな関係だったけど…。
その関係が私にとってはとても心地が良かった。
いつまでも、そんな関係が続くと思っていた。
２週間前、瑞貴の気持ちを聞くまでは…。

「綾、好きだ」
真剣な瑞貴の表情にそれが冗談なんかじゃないってすぐに分かった。
瑞貴に誘われて来たこの部屋で、他愛もない話をしていた時、なんの前触れもなくそう言われた。
私も瑞貴のことが好き。
好き嫌いがはっきりしている私が、人に対して持つ感情は"好き"か"嫌い"か"興味がない"だけ。
瑞貴のことが好きって言っても、それは恋や愛とは全く違う感情。

凛のことが好きっていう感情と同じ。
瑞貴も凛も友達として好きなだけ。
私には"あるもの"が欠落している。
それは、異性に対しての愛情。
私は男の子を好きになったことがない。
今までも…多分…これから先も…。
別に男嫌いって訳じゃない。
友達としてなら、上手く付き合っていくことができる。
過去になにかあった訳じゃない。
男友達ならたくさんいるし。
女友達よりも男友達の方が多いし。
面倒くさい女の子といるよりサバサバした男の子といた方が私の性格に合っていて楽しい。
…だけど…。
男の子に恋愛感情を持つことはできない。
それは、瑞貴も例外じゃなかった。

「私は人を好きになることはないの」
「…どういう意味だ？」
「瑞貴のことは好き。でも、それは友達として好きなの」
「…他に好きな奴がいるのか？」
「…違う。そうじゃないの。私は今までもこれから先も人を愛することはないと思う」
私の言葉を聞いた瑞貴の眉間に皺が寄った。
…でも、それは怒っているとか不機嫌になったとか…そういうんじゃなくて…。
どちらかと言えば何かを考えているような…。
「『これから先も』ってのは絶対なのか？」
…絶対…。

「絶対とは言い切れないけど…」
この世に絶対なんてない。
それは、私にも分かる。

私の父親と母親も結婚する時に誓ったはず。
"絶対に一生お互いを愛し続ける"と…。
だけど、それは絶対なんかじゃなかった。
「けど？」
「ほぼ確定だと思う」
張り詰めていた空気が和らいだ気がした。
それは、瑞貴の表情が和らいだから。
「"ほぼ"なんだな？」
「うん？」
「"ほぼ"ってことは100％じゃねぇーよな？」
「…うん。でも、100％に限りなく近いよ」
「少しでも確率があるならそれでいい」
「…瑞貴…」
「ん？」
「…止めときなよ。女なんていっぱいいるじゃん。アンタ、モテるんだし…。可愛い彼女を作ればいいじゃん」
瑞貴のことを信じていない訳じゃない。
でも、瑞貴もいつかは変わってしまう。
今は私のことを「好きだ」と言っていてもその気持ちがいつかは変わってしまうはず。
この世に絶対なんかないんだから。
それで私達の関係が崩れてしまうくらいなら、今のままの関係でいる方がいい。
「俺が勝手に好きなだけだ。お前が気にすることじゃねぇーよ」

そう言った瑞貴の表情が余りにも切なそうだったから、私はそれ以上何も言えなくなった。

私は目の前にいる瑞貴の手を握った。
初めて見る瑞貴の表情…。
その表情のせいかは分からないけど…。
頭で考えるより先に手が動いた。
私の手が瑞貴の手に触れた瞬間、瑞貴の身体が動いた。
次の瞬間、私は瑞貴の胸の中にいた。
その胸の中で私は呟いた。
「…瑞貴…ごめん…」
「謝ってんじゃねぇーよ」
「…でも…」
「絶対なんてねぇーんだろ？」
「…うん」
「だったらそれでいいじゃん。お前が俺に惚れるかもしれねぇーし」
「…そうだね」
未来のことなんて分かんないし、考えたくもない。
今だけで精一杯。
今が楽しかったら…。
それだけで充分だと思う…。
ふと顔を上げると瑞貴の瞳が私を見つめていた。
その瞳から視線を逸らすことができなかった。
窓の外からは雨が地面を濡らす音が聞こえていた。
瑞貴の顔が私に近付いてきても私は拒むことをしなかった。
キスを許したらその先があることも分かっていた。
私にとってファーストキスも処女も大事なモノなんかじゃない。
クラスメートの女の子達が、彼氏とのH体験を自慢気に話して

いるのを聞いていつもウンザリしていた。
「初めては大好きな人と!!」と騒いでいたけど、その気持ちが理解できなかった。
ファーストキスも処女も私にとっては邪魔でしかない。
…だからって見ず知らずの親父に"売る"のもイヤだけど…。
処女を捨てたら大人になれるような気がしていた。
早く大人になりたい。
他人に頼らず自分ひとりで生きていけるようになりたい。
だから私は瑞貴を拒まなかった。
窓の外から聞こえてくる激しい雨音と瑞貴の乱れた吐息を聞きながら、全身から伝わってくる瑞貴の温もりに身を委ねた。
…少しの痛みを伴って私は処女を捨てた。
大人になるはずだと思っていたのに…。
今までと大して変わりのない私。
裸のまま私を抱きしめて眠る瑞貴の腕の中で私は小さな溜息を吐いた。
…でも…。
これで良かったのかもしれない。
穏やかな表情で眠る瑞貴を眺めながらそう思った。

「…なぁ、綾」
「なに？」
「もう、お前の生活のことに口出しはしねぇーから…」
「…うん？」
「一つだけ約束してくれ」
「…うん、なに？」
「高校には毎日来いよ」

「…分かってる…」
「それから、困ったことがあったら一番に俺に話せ」
「…うん」
「あと…」
「…瑞貴…」
「うん?」
「一つじゃないじゃん」
「そうだな」
瑞貴が穏やかな笑みを浮かべた。
だから、私もつられて笑顔になった。
この日、私はまた瑞貴に抱かれた。
優しく私に触れる瑞貴。
瑞貴の溢れ出す私への想いが全身から伝わってきて胸が締め付けられる。
瑞貴の想いに答えることができない私。
そんな私が瑞貴に抱かれるのは間違っている。
そんなこと嫌ってくらい分かっている。
でも、瑞貴を拒むことの方が残酷な気がする私はまだまだガキだったんだね。
その頃の私がそんなことに気付けるはずもなくて。
自分のことに必死で…。
瑞貴の想いにこんな答え方しかできなかった。

私は不幸なんかじゃない。
私みたいな境遇の子なんてたくさんいる。
私に親なんて必要ない。
私は自分で生きていけるんだから。
人を愛することはできないけど。
それでも、私は生きている。

だから、愛情なんて生きていくのに必要ではないのかもしれない。

翌日、私は瑞貴の胸の中で目を覚ました。
私のバッグの中で鳴り響くケイタイ。
身体に絡みつく瑞貴の腕を寝ぼけながら解いて、ベッドの下にあるバッグからケイタイを取り出した。
「…はい」
『おはよー！　綾‼』
寝起きに凛のハイテンションはキツイ…。
「おはよ」
そう言いながら私はタバコを銜えた。
『まだ寝てたの？　もう夕方だよ‼』
「…そう。明け方に寝たから」
『…もしかして、瑞貴と一緒？』
「うん」
『今から2時間後に面接だけど行ける？』
突然、小声になった凛。
凛なりに気をつかっているらしい。
「大丈夫。2時間後ってことは19時でいいの？」
『うん、繁華街で待ってるから』
「分かった」
そう告げて終話ボタンを押した時、背後からタバコに火を点ける音が聞こえた。
「起こしちゃった？」

振り返るとベッドで上半身は起こしているけど瞳を閉じたままタバコを銜えている瑞貴。
「いや…目が覚めた…」
…まだ半分寝てんじゃん…。
瑞貴は「寝すぎた…」と呟いて大きな背伸びをした。
「私、これから用事があるから帰るね」
ベッドの下に散らばっている洋服をかき集めた。
「俺もついていくかな」
「キャバの面接に男連れて行ってどうすんの？」
私が溜息を吐くと瑞貴が楽しそうに笑った。
昨日着ていた服を着て瑞貴の部屋を出ようとした。
「綾」
「なに？」
「面接終わったらいつもの所に来るよな？」
「当たり前でしょ？　今の私にはあそこしか居場所がないんだから」
「待ってる」
「…うん」
「頑張って来いよ。うまくいくといいな」
その言葉が瑞貴の本心かは分からない。
…でも、瑞貴が私のために掛けてくれた優しい言葉。
だから、私は笑顔で頷いた。
「…ありがとう、瑞貴」
それから、一度家に帰った。
誰も居ない家。
どうせ母親は男と遊びに行っているんだろう。
シャワーを浴びていつもより念入りにメイクしてお気に入りのワンピースに着替えた私は凛との待ち合わせ場所に向かった。

31

陽が落ちた繁華街は魅惑的な雰囲気に姿を変える。
ショッピングを楽しむ学生や子供連れが多い昼間とは全く違う。
看板のネオンが街を彩り、たくさんの誘惑に誘われるように人が集まってくる。
夜の繁華街を居心地がいいと思う私も、誘惑されている一人。
目に見えない刺激を求めている。

「綾‼」
私の姿を見つけた凛が嬉しそうに手を振っている。
「ごめん、お待たせ」
「大丈夫、そんなに待ってないから。ちょっと心配したけど…」
「心配？」
「瑞貴に面接に行くのを阻止されてんじゃないのかって…」
まぁ、その予想もあながち外れてないけど…。
鋭い予想をした凛に私は苦笑するしかなかった。
「そろそろ行こうか」
「うん」
私と凛は並んで歩き出した。

凛はいつも私達がいるゲーセンやカラオケボックスがあるメインストリートを通り過ぎ、飲み屋街に向かって歩いている。
この辺は若い子が多い私達が溜まっている所と違って、仕事帰りのサラリーマンやこれから出勤らしい着飾ったお姉さん達で賑わっている。
「ここだよ」
凛が足を止めたのはたくさんのお店が入ってるビルの前だった。
ケイタイで時間を確認した凛が「ピッタリ」と呟いた。
…このビルの中に何軒のお店が入ってるんだろう？

呆然とビルを見上げている私の腕を凛が掴んだ。
「行こう!!」
私の腕を引いて慣れた足取りでビルに入って行く凛。
エレベーターに乗り込み凛が押したのは11階のボタンだった。
「なんか緊張するね」
そう言ったわりに凛の瞳は興味津々の瞳だった。
初めて行くキャバクラ。
テレビのドラマなどでしか見たことのない世界。
少しの緊張と大きな興味を私は感じていた。
エレベーターが静かに停まりドアが開くと、そこはもう店内だった。
薄暗いイメージがあったキャバクラの店内。
想像とは全く違って眩しいくらいの照明が店内を映し出していた。
「…明るい…」
「まだ開店前だからね。…あっ!!　お疲れ様です!!」
私達に近付いてきた人に気が付いた凛の声が１オクターブ高くなった。
「あぁ、お疲れ」
白いＹシャツに黒いズボンとベスト。
長めの髪を後ろで束ねた20代前半の若い男。
この人が凛の知り合いの先輩らしい…。
その人は私の足元から頭まで視線を向けると近くのカウンターの椅子を指差して言った。
「ちょっとそこに座っといて。君に会いたいって人がいるから」
「…？」
「綾、座ろう？」
「う…うん…」

…私に会いたい人？
……誰だろう？
まぁ、いいか。
凛が私を騙したりするはずなんてないし…。
この先輩は、どう見てもボーイって感じだし。
面接をするのは店長とか店の責任者だろうから、その人が来るんだろう。
…もし、なんかあってもこの先輩を殴って逃げればいいんだし…。
そう考えた私は素直にカウンターの椅子に腰を下ろした。
それを確認した先輩はケイタイを持って店の奥に行った。
「ねぇねぇ、綾」
「なに？」
「あの人かっこいいと思わない？」
「あの人って、凛の先輩のこと？」
「そう!!」
…どうなんだろう？
そう言えば私、先輩の顔をよく見てなかったかも…。
「好きなの？」
「うん!!」
そう答えた凛の顔は可愛らしい女の子の顔だった。
「あと10分くらいで着くらしいから」
先輩が戻って来てそう言った。
「なんか飲むか？」
「はい!!」
嬉しそうに凛が答えた。
「お茶かジュースかコーヒーか酒…ってまだ飲めねぇーか」
先輩の言葉に私と凛は顔を見合わせた。
凛も私や瑞貴と一緒でお酒には強い。

…だけど…。
私は今から面接だし…。
凛も大好きな先輩にはお酒が飲めません的な可愛い女の子を演じたいだろうから…。
「冷たいお茶をください」
私がそう言うと先輩はニッコリと微笑んで頷いた。
「凛は？」
「私もお茶をください‼」
目の前にウーロン茶が置かれた。
「今、春休みか？」
「はい‼」
「高校受かったのか？」
「お陰様で、ギリギリ合格ですけど…」
「ギリギリでも合格は合格だろ？　よかったじゃねぇーか。おめでとう」
「…ありがとうございます」
カウンターの中に立って凛の正面で頬杖をついた先輩。
その先輩に至近距離で見つめられた凛は頬を赤く染めて俯いた。
…可愛い…。
いつもの凛じゃない…。
こんな凛は見たことがない気がする。
…でも…。
こんな凛も好きかも…。
微笑ましい凛と先輩のやり取りを見つめていた。
頬杖をついて凛と話していた先輩の視線がお店の出入り口に向けられた。
「来たぞ」
そう呟いた先輩が背筋を伸ばした。
静かに開いたエレベーターのドア。

現れたのは和服姿の上品そうな女性だった。
「雪乃ママ、お疲れ様です」
先輩が軽く頭を下げた。
「お疲れ様」
雪乃ママは妖艶な笑みを浮かべた。
その笑顔は女の私でもクラクラするくらいに綺麗で色っぽかった。
「面接に来たのはどっちかしら？」
「あっ‼　私です」
「そう、ちょっと二人で話したいんだけど…」
「雪乃ママ、奥のボックスを使ってください」
先輩が案内してくれたのは店の一番奥のボックス席。
そこで雪乃ママと私はテーブルを挟んで向かい合って座った。
先輩が再び私と雪乃ママの前にお茶の入ったグラスを置いてその場を離れると、雪乃ママが口を開いた。
「お名前は？」
「綾です」
「綾さんね、本当に今度高校入学なの？」
「はい、そうです」
「とても大人っぽいわね」
「…そうですか？」
…それってフケてるってこと？
ダメダメ‼
ここでキレちゃダメ…。
冷静にならないと…。

「どうしてお金が必要なの？」
突然の質問に私は答えに詰まった。
「言いたくない？」

雪乃ママが優しく微笑んだ。
その笑顔を見て私の口は自然と言葉を紡ぎ出した。
何も言わず絶妙のタイミングで頷くように相槌を打つ雪乃ママ。
とても話しやすい雰囲気を作ってくれる雪乃ママに私は全てを話すことができた。
両親のこと、一人暮らしをすること、そのためにお金が必要なこと…。
「毎月どのくらいのお金が必要なの？」
「30万くらいです」
「そう、もしあなたが私のお店に来てくれるなら50万出すわよ」
「ご…50万ですか!?」
「えぇ」
驚く私に雪乃ママはニッコリと微笑んだ。
「あ…あの、私来週から高校に通うので毎日出勤はできないんですけど…」
「大丈夫よ。あなたに働いて欲しいのはここじゃなくてクラブなの」
「クラブ？」
クラブって踊る方のクラブ…じゃないか。
「そう、ここも私が経営しているんだけど、私が毎日いるのは会員制のクラブの方なの」
「…会員制…」
「そっちの方がお客様の身元も分かっているから知り合いに会ったりすることもないでしょ？　完全予約制だから事前に誰が来るかも分かるし」
…確かに…。
私がお酒を提供するお店で働くのは違法…。
もし、知り合いにお店で会ったりしたら歳がバレてしまう。

そうならないためにもキャバクラよりクラブで働いた方がいい気がする…。
「綾さんが出勤するのは、金曜日と土曜日と祝日の前日だけでいいわよ」
「それだけでいいんですか？」
「充分よ。ウチのクラブで働いてくれている女の子も殆どが昼間会社に勤めていたり大学や専門学校に通っている子達なの」
「そうなんですか？」
「ええ。たまにどうしても女の子が足りない時はお願いすることもあるけど無理な時は無理って言ってくれて構わないから」
「はい」
「返事を急がせるのは良くないんだけど…できれば今週末からお店に出て欲しいの。どうかしら？」
条件もお金も…。
断る理由なんて何もない。
「よろしくお願いします」
私は雪乃ママに頭を下げた。
「こちらこそ」
雪乃ママの笑顔はやっぱり私をクラクラさせるくらい妖艶だった…。
「綾さん。一人で住む家はもう決まっているの？」
「いいえ。これから探します」
「私の知り合いに不動産会社の社長がいるから紹介しましょうか？ そっちの方が融通が利くわよ」
「ありがとうございます」
「それから、これが私の連絡先だから」
手渡された名刺にはケイタイの番号やクラブの住所や電話番号などが書かれていた。
「それとこれは…」

雪乃ママがバッグから茶封筒を取り出し私の目の前に置いた。
「…？」
茶封筒の中には万札の束が入っていた。
「新しい生活の足しにしてちょうだい」
「う…受け取れません‼」
私は慌てて茶封筒を雪乃ママの前に置いた。
「綾さん」
「はい？」
「この世界に入ろうと思うのなら、人の厚意に甘えることも覚えなさい」
「…え？」
「失礼なことを聞いてもいいかしら？」
「なんでしょうか？」
「あなた彼氏はいる？」
「…いいえ」
「男の人と寝たことは？」
「…あります」
「その人はあなたにとって大切な人？　それとも見ず知らずの人？」
瑞貴は、私の大切な友達…。
「大切な人です」
私がそう答えると雪乃ママの表情が和らいだ。
「そう、お金は好き？」
…お金を嫌いだという人がこの世の中にいるんだろうか？
「…多分…好きです」
「多分？　あなた面白いわね」
雪乃ママが楽しそうに笑った。
「私はお金が大好きよ」
「…はい」

「あなたは、昔の私に似ているわ」
「雪乃ママにですか?」
「ええ。その瞳も負けず嫌いなところも不器用なところも…」
「…」
初対面なのに雪乃ママはどうして私のことが分かるんだろう…。
「この世界で『蝶(ちょう)』になりなさい」
まっすぐに私を見つめる雪乃ママ。
「『蝶』ですか?」
「そうよ。自分が好きなものだけを選んで優雅に舞う『蝶』になりなさい」
「好きなものだけを?」
「お金も友達も男も…。好きなものだけを選べばいいのよ」
「…はい」
「だから、これは受け取ってね」
雪乃ママは茶封筒を私の手の中に納めた。
「…ありがとうございます」
「今週末、お店で待ってるから」
「はい、何時に行けばいいですか?」
「お店は21時からだから20時でいいわ。ドレスもメイクも髪型もお店で準備できるから普段着でいいからね」
「分かりました」
「それじゃ今週末ね」
「はい、よろしくお願いします」
私は席を立ち、雪乃ママに頭を下げてから、凛が待つカウンターに向かった。
楽しそうに談笑している凛と先輩。
「綾! 話、終わった?」
私に気付いた凛がカウンターの椅子から落ちそうなくらい身を乗り出してくる。

40　　R.B～Red Butterfly～

「うん」
「どっちで働くことにしたんだ？」
先輩が尋ねた。
「クラブにしました」
「そっちがいい」
ニッコリと微笑んだ先輩。
「俺はいつもこっちにいるからなんかあったら相談に来いよ」
「はい。ありがとうございます」

「よかったね、綾。バイトが決まって」
ビルを出た時、凛が私の顔を下から見上げた。
「うん、凛のお陰だよ。ありがとう」
「別に私は何もしてないよ」
「そんなことないよ。今日だってわざわざついて来てくれたし」
「いいって。私も先輩に会えたし。それに…」
「それに？」
「今度一緒に遊ぶ約束したんだ!!」
凛が嬉しそうに微笑んだ。
いつもとは違う凛の表情。
恋をしている表情。
私が一生することのない表情。
友達が喜んでいて嬉しいと思う反面そんな凛を羨ましいと思う自分がいた。
「良かったじゃん」
「うん!!」
…私は今ちゃんと笑えているのだろうか？
そんな疑問を抱えている時、私のケイタイが鳴り響いた。
画面に浮かび上がる"瑞貴"という文字。

「…はい」
『面接終わったのか？』
「うん」
『来るんだろ？』
「今から行く」
『酔っ払いに絡まれんなよ』
「…そんな心配いらないから」
『それもそうだな』
瑞貴は楽しそうに笑っていた。
…どうせ私に絡んで来る奴なんていないわよ‼
いつまでも笑いを止めることのない瑞貴に段々、ムカついてきた。
「じゃあ、後でね‼」
私は、そう告げるとケイタイを勢い良く閉じた。
私と瑞貴の電話でのやり取りを聞いていた凛が隣で声を押し殺して笑っている。
「なに笑ってんのよ？」
「え⁉」
「下を向いていても肩が揺れてるんだけど」
「バレてた？　ごめん‼　綾と瑞貴っていつも仲がいいなぁと思って」
「仲がいい？　瑞貴と私が？」
「うん」
「そお？　いつもケンカばかりだけど？」
「それが楽しそうに見えるんだって‼」
「…」
凛が言ってる意味が分からない。
私は楽しいけど…。
瑞貴がそう思ってるとは思えない…。

首を傾げる私を見て凛はクスクスと笑った。

ずっとこのままの関係でいられたらいいのに。
凛や瑞貴達とバカみたいに騒いで笑って…。
私は早く自立して大人になりたいと思う。
…でも…。
凛や瑞貴は変わらないで欲しい…。

あの頃の私は、そんな自分勝手な願いをいつも胸に抱えていた。

Episode 3 *Red Butterfly*

溜まり場に着いた私はすぐに瑞貴と目が合った。
男の子達の中心でタバコを吸っていた瑞貴。
私の姿を見つけると安心したような笑みを浮かべた。
それから、私に顎で「こっちに来い」と合図をした。
多分、瑞貴は私の面接の結果を聞きたいんだと思う…。
さすがに、昨日あれだけ話したんだから、私が「お水のバイトをする」と言っても瑞貴はもう何も言わないだろう…。
それに、私は瑞貴に紹介して欲しい人がいた。
さっき雪乃ママと話して"決意"したことがあった。
その"決意"のためにも私はどうしてもしたいことがあった。
私が瑞貴に近付くとそこにいた男の子達がその場を離れた。
私に気を使ってくれたのか、瑞貴がそうさせたのか…。

「どうだった？」
開口一番そう口にした瑞貴。
「今週末から働くことになった」
「そうか」
瑞貴が持っていたタバコを下に落として、靴で火を踏み消した。
瑞貴の視線は足元を見ているから、顔の表情は分からないけど…。
…多分嬉しそうな表情はしていないはず…。
「…綾がキャバ嬢か…」

「あっ！　違う‼」
「あ？」
「キャバじゃなくてクラブで働くことになったの」
「クラブ？　踊る方のクラブか？」

…瑞貴…。
私と全く同じこと考えていた…。
「そうじゃなくて、飲む方のクラブよ」
「あぁ、そっちか」
瑞貴が納得したように頷いた。
私は雪乃ママと話したことを一通り話した。
別に瑞貴に話す必要はないのかもしれないけど。
瑞貴なりに私の心配をしてくれているんだから、話すのが筋だと思った。
「優しいママで良かったな」
話を聞き終えた瑞貴が言った。
「うん。凛のお陰だよ」
「…凛ね…」
「なに？」
「ちょっと凛を殴ってくるか」
「はぁ？」
な…なに？
瑞貴と凛ってケンカでもしたの⁉
…そんなはずないよね⁉
ここには決まりがあるんだから。
「心配するな。軽く殴るだけだ」
…「軽く」とかそんな問題じゃないでしょ⁉
不敵な笑みを浮かべて立ち上がった瑞貴の腕を私は慌てて引っ張った。

「あんた、ここの決まりを忘れたの!?」
必死な私の顔を見て瑞貴は鼻で笑った。
「冗談だよ」
「…」
…止めてよね!!
そんな心臓に悪い冗談なんか…。
「まぁ、殴りたい気持ちは充分あるけどな」
「…え?」
「お前にそんな仕事を紹介したんだから」
瑞貴はポケットからタバコの箱を取り出し一本銜えると火を点けた。
そして、その箱を私に差し出した。
私が吸うタバコと瑞貴が吸うタバコの銘柄は同じ。
迷うことなく一本貰い銜えた。
瑞貴が差し出してくれた火をタバコの先に翳す。
「凛は何も悪くない。私が頼んだんだから」
ゆっくりとタバコの煙を吐き出した瑞貴は「そうだな」と呟いた。
私と瑞貴の間に静かな時が流れる。
これ以上バイトの話をしたくない私は切り出した。
「ねぇ、瑞貴」
「ん?」
「お願いがあるんだけど」
「お願い? 珍しいな、お前が俺に頼み事なんて。なんだ?」
「彫り師を紹介してくれない?」
「は? 彫り師?」
瑞貴の瞳が驚いたように丸くなった。
「うん」
「お前、墨入れてぇーのか?」

「そう」
「なんで?」
「ちょっとね」
「…」
瑞貴は何かを考えるように腕を組んで瞳を伏せた。
何を悩んでいるんだろう?
…もしかして…。
また、「ダメだ!!」とか言うんじゃないでしょうね?
そうなったら、面倒くさいなぁ…。
瑞貴だったら、そっち系の知り合いが多いからいいと思ったんだけど…。
私は、まだ普通にスタジオに行ってもTATTOO(タトゥー)を彫ってもらえる歳じゃないし…。
紹介とかコネがないとTATTOOは無理だし…。
でも、彫りたいと思ったらすぐに彫りたいし…。
だけど、面倒くさいのはイヤだし…。
他の人に紹介してもらうしかないかな…。
私が瑞貴に頼むのは諦(あきら)めようと思った時、瑞貴が口を開いた。
「和彫りと洋彫り。どっちがいいんだ?」
「へ?　…あ…和彫りかな」
「機械彫り?　それとも手彫りか?」
「…それってどう違うの?」
私の質問に呆(あき)れたように溜息(ためいき)を吐(つ)いた瑞貴。
でも、きちんと説明してくれた。
「痛みが軽くて早く仕上がるのが機械彫りだ。んで、手彫りは機械彫りに比べて時間は掛かるけど、彫ってから年月が経(た)ってからも色褪(あ)せが少ない」
「じゃあ、手彫りがいい」
「本当にいいのか?」

47

「なにが？」
「結構、痛ぇーぞ」
「痛くても綺麗に残る方がいい」
「分かった。いつだ？」
「明日」
「はぁ？　今、明日って言ったか？」
「うん。言ったけど」
「えらく急ぎだな」
そう言いながらも瑞貴はケイタイを取り出した。
ボタンを押すとどこかに電話を掛け始めた。
電話の相手としばらく話し込んでいた瑞貴がケイタイを耳から
離して私に視線を向けた。
「明日の13時でいいか？」
「うん」
私の返事を聞いた瑞貴は再びケイタイを耳に当てた。
「それじゃあ、明日の13時に行くから」
瑞貴はそう言ってケイタイを切った。
「ありがとう、瑞貴」
「あぁ」
「場所はどこ？」
「明日俺も一緒に行く」
「いいよ。悪いし…」
「別に悪くねぇーよ。俺も入れるし…」
「…そう瑞貴も入れるんだ。なら一緒に行けばいいね。…は？」
「どうした？」
「なんで？」
「なにが？」
「なんで瑞貴がTATTOO彫るの？」
「俺が墨入れてなんか問題あるか？」

「…問題はないけど…」
「…なら、そんなに驚く必要なんてねぇーじゃん。お前すげぇー間抜け面してんぞ？」
私の顔を見て笑いを堪えている瑞貴。
「うるさい‼」
…本当にコイツは失礼な奴だ…。
「今日泊まりに来いよ？」
「なんでよ？」
「俺が昼に起きれると思ってんのか？」
「…頑張りなよ…」
「無理だな」
「はぁ？」
「紹介料」
瑞貴が右手を私に差し出した。
「…いくらよ？」
「今日、ウチに泊まって明日俺を起こせ」
…。
それって、私に拒否権ないじゃん…。
「…分かったわよ」
「商談成立」
瑞貴がニッコリと微笑んだ。
…なんか悔しい…。
瑞貴のペースに嵌っていることが悔しくてたまらない。

◆◆◆◆◆

瑞貴は昨日私に「起きれないから泊まりに来て起こせ」って言ったくせに…。
ケイタイのアラームで目覚めた私よりも先に起きていた。

眠くて閉じそうになる瞳を無理矢理開こうと頑張る私を楽しそうに見ていた。
ベッドの上になんとか起き上がった私は瑞貴に抗議した。
「…アンタ、起きれなかったんじゃないの？」
「そう思ってたけど、目が覚めた」
「それなら、私がわざわざ泊まりに来る必要なんてなかったんじゃない？」
「別にいいんじゃねぇーか？　細かいことばかり気にしてると細かい人間になるぞ？」
平然と言い放つ瑞貴に溜息しか出てこない。
いつもの私なら、瑞貴に文句を言うところだけど…。
寝起きで怒るのがダルくて私は瑞貴を放ってバスルームに向かおうとした。
昨日ここに来る前に家から持ってきた着替えの入ったバッグを掴んだ私は部屋を出ようとした。
「綾」
「なに？」
「どこに行くんだ？」
「シャワー」
「俺も一緒に行こうか？」
「…」
振り返ると楽しそうに笑いを堪えている瑞貴。
…からかわれてる…。
私は溜息を吐いて部屋を出た。

準備ができた私が瑞貴に連れて行かれたのは、繁華街にあるごく普通のマンションだった。
エレベーターを降り、瑞貴がインターホンを押した。
それは、まるで友達の家に遊びに来たような感じだった。

中から物音が聞こえドアが静かに開いた。
姿を見せたのは20代後半くらいの男だった。
鋭い眼つきが印象的な男。
鼻と唇と眉尻にはボディピアス。
Tシャツから出ている腕には手首までびっしりと刺青(いれずみ)が彫られている。
鋭い眼が瑞貴の姿を捉(とら)えると、細められた。
「瑞貴、久しぶり」
刺青だらけの腕を伸ばし瑞貴に手を差し出した。
「おう」
差し出された手を瑞貴が握った。
その手はすぐに離され二人は拳(こぶし)を作りお互いにぶつけた。
それはいつも瑞貴が仲間と交わす挨拶(あいさつ)だった。
「こいつ、楓(かえで)」
瑞貴に紹介された楓は笑顔で私に右手を差し出した。
「綾ちゃんだよね？　瑞貴から聞いてるよ。よろしくね」
「はじめまして」
私は差し出された手に自分の手を重ねた。
楓は重ねた私の手を握るとにっこりと微笑んだ。
「二人とも入って」
楓に促されて私たちは中に入った。
通されたのは広い部屋だった。
消毒液の香りが病院を想像させる。
入り口の近くにあったソファに座った私と瑞貴。
その向かいに楓が座った。
楓の手元にはスケッチブックが置いてある。
「彫りたい絵とか場所は決まってる？」
「うん、一応…」
「何を彫ろうか？」

「蝶を彫りたいんだけど」
「蝶ね、どこがいい？」
「腰」
楓はスケッチブックにサラサラと何かを書き始めた。
「好きな色は？」
「赤」
「分かった」
黙々とスケッチブックにペンを走らせる楓。
何を書いてるんだろう？
すっかり自分の世界に入ってしまっている楓…。
私は隣にいる瑞貴に視線を向けた。
「いつものことだ」
瑞貴が呆れたように言った。

しばらくして楓は満足そうな表情でペンを置いた。
「これでどう？」
楓が差し出したスケッチブックを見て私は息を飲んだ。
今にも飛び立ちそうに大きな羽を広げている真紅の『蝶』。
「これが気に入らないなら他にも書くけど？」
「これがいい!!」
「OK」
楓が嬉しそうに微笑んだ。
「大きさは俺の掌くらいでいい？」
「うん」
「腰の真ん中に彫るより右か左に寄せたほうがいいと思うんだけど」
「うん、楓に任せる」
楓が嬉しそうに頷いた。
「今日筋だけ彫って、数日後に色を入れようか？」

「今日仕上げてもらいたいんだけど」
「全部？」
「そう…無理かな？」
「無理じゃないけど、結構痛いしキツいと思うよ」
「痛みには強いから大丈夫」
楓は私の顔を見つめた。
人に見つめられたら視線を逸(そ)らしちゃいけないと思ってしまう私は相当捻(ひね)くれているんだと思う…。
真剣な表情で私の顔を見つめる楓とその眼から視線を逸らせない私。
「大丈夫だよ、楓。こいつは気合だけは入ってるから途中で弱音なんか吐かねぇーよ」
「…でも、初めてだし熱を出すかもしれねぇーし」
「熱ぐらい大丈夫!!」
私を見つめていた楓の表情が和(やわ)らいだ。
「分かったよ。途中、休憩入れながらやるから3時間くらい掛かるけど、時間は大丈夫？」
「うん」
「よし、じゃあ準備するから待ってて」
楓はそう言って席を立った。

「ここに座って」
楓に声をかけられた私は部屋の中央に置いてあるリクライニング式の椅子に座った。
「おい」
笑いを堪えたような瑞貴の声。
ソファに座っている瑞貴に視線を移すと予想通り笑いを押し殺そうとしていた。
「なに？」

「お前どこに彫るつもりだ?」
「はぁ? 腰だけど」
「その座り方だったら彫れねぇーんじゃないか?」
「…」
…確かに…。
これだったら椅子の背もたれが邪魔で彫れない…。
だったらどんな風に座ればいいのよ?
普通、椅子に座れって言われたらこんな風に座るでしょ?
私は背後から聞こえてくる小さな笑い声に気が付いた。
声が聞こえてくる方を振り返ると…。
ピアスが刺さった顔を崩して笑っている楓がいた。
笑われていることにムカついて横目で睨むと、楓は慌てて笑いを飲み込んだ。
「綾ちゃん、背もたれの方を向いて座ってくれる?」
楓の指示に従って私は椅子に座り直した。

3時間後、私の腰には今にも飛び立ちそうな真紅の蝶が大きな羽を広げてとまっていた。
痛くなかったと言ったらウソになる。
最初はチクチクと感じる程度だった痛みが時間を増すごとに、体の芯に響くような痛みに変わっていった。
額にはあぶら汗が浮かび、体には痛みに耐えようと自然と力が入って強張った。
椅子の背もたれにしがみ付いている時、瑞貴が背もたれの脇から顔を覗かせた。
「痛ぇーか?」
…痛いに決まってるでしょ!!
そう言いたかったけど…。
負けず嫌いで強がりな私は、「痛い」と言うことができなかっ

た。
「…全然、痛くない…」
「そうか」
瑞貴は鼻で笑った。
…だけど、瑞貴はそれが私の強がりの言葉だってことに気付いていたんだと思う。
私の額の汗を拭いて、椅子の背もたれを握り締めている私の手に自分の手を握らせた。
そして、ずっと私の顔を見つめていた。
心配そうな。
悲しみを帯びたような瞳で。

「綾ちゃん、終わったよ」
その言葉で、私の全身の力は一気に抜けた。
私の口からは、大きな溜息が漏れた。
痛みから解放された安堵感と達成感に包まれて…。
腰に感じる消毒液の冷たい感触。
熱を持って、火照っている肌にとても心地良かった。
「見てみる？」
楓が部屋の隅にある大きな姿見の鏡を指差した。
「うん」
私は頷いて握り締めていた瑞貴の手を離した。
瑞貴の大きな手には、くっきりと爪の痕が付いていた。
「ごめん！　瑞貴‼」
「気にすんな」
瑞貴はニッコリと微笑んで私の頭を撫でた。
「…でも…」
あれだけくっきりと痕が残っているんだから瑞貴だって相当痛いはず…。

「早く見てこいよ」
瑞貴は私の手を引いて立ち上がらせると、背中を押した。
「う…うん」
私は瑞貴の手が気になりながら、鏡の前に立った。
鏡に背中を向け、着ていた服の腰の部分を捲り上げる。
私の腰には今にも飛び立ちそうな真紅の蝶が大きな翅(はね)を広げてとまっていた。
「いいじゃん」
鏡越しに瑞貴の顔が見えた。
「…うん!!」
私は頷いた。
「楓、ありがとう」
後片付けをしている楓に声を掛けた。
私の言葉に楓は手を止めて顔を上げた。
「どう? 気に入ってくれた?」
「うん! かなり!!」
「そう、良かった。瑞貴は来週だったよな?」
えっ?
…楓、今なんて言った?
「あ〜!! 楓! その話は後で連絡するから」
「あぁ。分かった」
焦(あせ)った様子の瑞貴が楓の言葉を遮(さえぎ)った。
「行こうぜ」
「み…瑞貴!?」
瑞貴が私の腕を掴んで部屋を出ようとした。
「楓、また連絡する」
「OK」
それだけ言い残すと瑞貴は私の腕を引いて部屋を出た。
「ねぇ! 瑞貴ってば!!」

「あ？」
玄関を出てエレベーターの前まで来た時、瑞貴はやっと足を止めて私の腕を放した。
「私お金払ってないんだけど」
「あいつは受け取らない」
「どういう意味？」
「もう払った」
「はぁ？」
「俺からの一人暮らしと就職祝いだ」
「…」
「ありがたく受け取れよ？」
切(せつ)なそうな瞳で微笑んだ瑞貴。
いつもなら「勝手なことしないでよ‼」って怒鳴りつけていたに違いない。
…でも今日は言えなかった。
瑞貴の瞳が余りにも悲しそうだったから…。
「…ありがとう…」
瑞貴がやっと嬉しそうに笑った。
「今日は早く帰って寝ろよ」
「…まだ夕方だよ」
「いいんだよ。熱が出るかもしれねぇーから今日は夜遊び禁止な」
「はぁ？」
繁華街には夜が訪れようとしている。
人工的な明かりに誘われて、今日も人が集まってくる。
ここが私の居場所。
唯一の居場所なんだ…。

Episode 4 Red Butterfly

「眠い…」
とりあえず少しだけ眠ろう…。
私は、教室の机に伏せて瞳を閉じた。
英語の教師が教科書を読む声が子守唄にしか聞こえない。
しかも、窓際の席だから温かい日差しが気持ち良過ぎる。
私はそのまま意識を手放し眠りに落ちた。
チャイムの音と同時に誰かに頭を叩かれて、私は眠りから覚めた。
「…痛っ…」
「学校に真っ赤な爪で来てんじゃねぇーよ」
…この声は…。
「…人が気持ち良く寝てんのに邪魔しないでよ‼」
「お前は何しに学校に来てんだよ？」
「…あんたに言われたくない」
朝からずっと授業サボってたくせに‼
居眠りでも教室にいる私の方が全然マシじゃん‼
「もう、昼だぜ。飯、食いに行こうぜ」
「…うん」
私は大きく背伸びをして席を立った。
この高校に入学して一ヶ月。
クラブのバイトと学校の両立にも何とか慣れてきた。
雪乃ママのお陰で繁華街にマンションを見つけて、快適な一人

暮らし生活を送っている。
部屋を借りてるって言っても部屋にいる時間はごく僅かだけど…。
昼間は学校にいるし、夜はバイトか繁華街で瑞貴や凛と遊んでいる。
それでも、好きな時に自由に帰れる家があるのは嬉しい。
学校のクラスも凛だけが隣のクラスで私と瑞貴が同じクラス。
体育や選択授業は凛と一緒だけど、入学式の日クラス発表の掲示板を見た凛はかなり落ち込んでいた。
「なんで私だけ…」
そう言って暗いオーラを纏っていた。
そんな凛も今では人懐っこい性格をフル活用して学校内に着実に人脈を作っている。
…そして瑞貴も…。
私と同じクラスで席も隣同士。
どこまでも私達の腐れ縁は健在だった。
だけど、瑞貴が授業中、教室にいることは殆どない。
朝は会うから校内にはいる筈なんだけど…。
授業開始のチャイムが鳴ると瑞貴は姿を消す…。
そして、今日みたいにお昼休みになると私を迎えに来る。
私も授業中は殆ど寝るから瑞貴がいない方がゆっくり眠れるし…。
まぁ、どうでもいいことなんだけど…。
「いただきまーす」
学食の日替わりランチを前に嬉しそうに両手を合わせる瑞貴。
…ご飯、大盛り…。
よくそんなに食べられるな…。
私の前にはホットサンドとアイスコーヒー。
毎日これが私の定番。

本当はあまり食べたくないんだけど…。
「バイト忙しいのか？」
チラっと私に視線を向けた瑞貴。
「まぁ、ぼちぼち…」
「そうか」
「ぼちぼち…」って言ったけど…。

実際はかなり忙しい。
春は新生活スタートの季節。
私が働いているクラブも毎日大盛況…らしい。
休み前だけっていう条件だったけど、ここ2週間は雪乃ママから毎日電話が掛かってくる。
お金はあっても困るモンじゃない。
そう思っている私は一日おきくらいの割合で出勤している。
実は昨日も…。
雪乃ママが気をつかってくれるからラストまでいる必要はないんだけど…。
それでも、眠さには勝てない。
だから、授業中は大切な睡眠時間だ。

最初は抵抗のあったお水の仕事。
でも、やってみて気付いたことがある。
どうやら私には向いている職業らしい。
別に無理をしている訳でも、頑張っている訳でもない。
大好きなお酒を少しだけ飲んで、ニッコリ微笑むだけ。
話上手ではないから、聞き役に徹している。
そのキャラがお客さんに受けてそこそこ指名ももらっている。
元々フケ顔だから、お店専属のヘアーメイクさんにバッチリ化粧してもらって髪も派手めに盛ってもらえば高校生には絶対に

見えない。
20歳って言っても疑うお客さんさえいない。
それは、ありがたいような、悲しいような…。
だけど本当の歳がバレたら、私は働けなくなるしお店も営業停止になるからやっぱりありがたいのかもしれない。
お店の女の子同士の間には派閥争いみたいなものも存在しているけど、バイトの私には全く関係のない話。
裏ではどんなに醜い争いを繰り広げていたとしても、お客さんのテーブルにつくと流石はプロ…。
"私達はいつでも仲良しです"オーラを醸し出している。
…女って怖い…。
改めて私はそう実感した。
お店での私の源氏名は"綾乃"。
入店した日に雪乃ママが付けてくれた。
いろんな面で尊敬する雪乃ママから一文字もらった源氏名。
本名に近いその名前にすぐに愛着が湧いた。

「瑞貴ー!!」
食堂の入り口付近に5～6人の男の子達。
繁華街の溜まり場で見掛けたことのある顔。
その男の子達に瑞貴が視線を向けると、男の子達が手招きをした。
「…んだよ」
食事の邪魔をされた瑞貴は不機嫌な表情を浮べた。
「早く行きなよ」
瑞貴は小さく舌打ちして、ダルそうに椅子から腰を上げた。
「悪ぃーな。すぐ戻るから。一人で一服しに行ったりするなよ?」
「はい、はい。分かったから早く行きなよ」

高校に入学してから瑞貴は私とのお昼ご飯を欠かしたことがない。
瑞貴は私に気をつかってくれている。
私の性格を知っているから。
女友達なんてめんどくさいと思っている私はクラスでも孤立している。
別に苛められているとかシカトされている訳じゃない。
必要があれば言葉を交わすし。
私も基本的に寝ているかタバコ吸いにサボっているかだから…。
このくらいの距離感が一番いい。
そんな私に瑞貴は気をつかってくれているんだと思う。
そういう所は律儀な男だから…。
目の前のホットサンドを手に取り口に運ぼうとした時、ポケットの中のケイタイが音楽を奏で始めた。
取り出して液晶を確認すると"雪乃ママ"の文字。
私はチラッと食堂の出入り口に視線を向けた。
出入り口の横の壁に腕を組んだ瑞貴が寄りかかり、それを囲むように男の子達が立っている。
なんか知らないけどみんなが難しそうな顔をしている。
瑞貴は眉間に深い皺を寄せ男の子の話を聞いている。
なんかあったのかな？
…もしくは…。
お腹が空いて不機嫌な瑞貴にみんなが怯えているのかもしれない…。
…まぁ、どっちにしても瑞貴はまだ戻って来なさそう…。
なら、ここでいいか。
私はケイタイの通話ボタンを押して耳に当てた。
「おはようございます。雪乃ママ」
『おはよう。綾乃ちゃん。ごめんなさいね。今、学校よね？』

「はい、でも、今お昼休みだから大丈夫です。どうかしました？」
なんで雪乃ママから電話が掛かって来たのかは聞かなくても分かっている…。
『今日の夜なんだけどお店出てくれない？』
…やっぱり。
…昨日も出たんだけどな…。
「今日ですか？」
『そうなの。ウチの上得意のお客様から貸し切りの予約が入ったのよ』
「か…貸し切り！？」
あの店を貸し切りって…。
一体そのお客さんはいくら払うんだろう？
『そうなのよ。普通だったら急な貸し切りは断るんだけど上得意のお客様だから断れないのよ』

「…そうですか」
どんなお客さんなんだろう？
私の好奇心がむくむくと動き出した。
…見てみたい。
『無理かしら？』
「大丈夫です」
『良かった。じゃあ、夜お店で待ってるわね』
「はい。分かりました」

私は、電話に夢中になり過ぎて全く気付いていなかった。
瑞貴が戻って来ていることに…。
「今日もバイトか？」
瑞貴の声に驚いた私の身体はビクっと反応した。

63

そのせいで終話ボタンを押したばかりのケイタイを落としそうになった。
私の向かいの席に腰を下ろした瑞貴はまっすぐな視線で私を見ていた。
「うん…そう」
また、なんか言われる⁉
私の身体には自然と力が入った。
…でも…。
瑞貴は私の予想外の言葉を発した。
「あんまり無理するなよ？　身体壊すぞ」
「えっ？　…う…うん」
拍子抜けした私。
「なに、アホみたいな顔してんだ？」
「はぁ？　誰に言ってんの？」
「お前以外に誰がいるんだよ？」
「…‼」
「いいから、早く食えよ。タバコ吸いに行くぞ」
…ムカつく…。
文句言いたい‼
…だけど、今はそれ以上にタバコが吸いたい…。
私は葛藤の末ここは我慢して一刻も早くタバコを吸いに行くことを選んだ。
さっき手を伸ばしかけたホットサンドに再び手を伸ばした。
そんな私を見て瑞貴は鼻で笑った。
…いつか絶対この仕返しはしてやる。
私は心の中で固く誓った。
お昼ご飯を食べて私と瑞貴は食堂を出た。
私達が向かったのは校舎の３階にある空き教室。
入学してすぐに、私がタバコを吸う場所を探していたら瑞貴が

案内してくれた。
「タバコを吸いたくなったらここを使え」
一年の私達が校舎内の空き教室なんて使っていたら上級生が黙っていないんじゃ…。
そう思ったがその空き教室に入って納得した。
中には私と同じようにタバコが吸いたくなったらしい生徒がたくさん集まっていた。
その生徒達は全員が、繁華街の溜まり場で見たことのある顔ばかりだった。
凛や瑞貴以外の人とあまり話さない私はその子達の名前や歳を知らなかった。
でもそこにいた生徒達が履いていた上履きを見て分かった。
青に黄に赤が入り混じっている。
この高校は学年ごとに上履きの色が決まっている。
一年が赤。
二年が黄。
三年が青。
この教室には一年から三年の生徒が集まっていることになる。
繁華街の溜まり場に居たということは瑞貴のグループの子達ってこと…。
そのグループのリーダー的存在の瑞貴。
…ってことはここを使っていても誰も文句を言わないってことなんだ。
その日から、私はタバコを吸いたくなったら空き教室を使うようになった。

空き教室の前には見張りらしき男の子が3人立っていた。
その男の子達は瑞貴の姿を見つけると、頭を下げた。
頭を下げた男の子達の上履きを見ると黄。

…二年じゃん…。
頭を下げている男の子達の前をダルそうに通る瑞貴。
その瑞貴を見たとき…。
瑞貴がとても遠い存在に感じた。
空き教室のドアを開けた瑞貴が立ち尽くしている私に中に入るように顎で差す。
私は素直に従って先に中に入った。
「…誰もいない」
いつもは所狭しと人がいるのに、今日は誰一人としていなかった。
「お前に話があるから、今日は誰も入れねぇーようにした」
私の後から入ってきた瑞貴がドアを閉めながら言った。
「話？」
「あぁ」
「なに？」
「まぁ、座れよ」
瑞貴が教室の奥にある誰が何処から持ってきたのかさえ分からないソファを指差した。
…なんの話よ。
…まさか…。
今頃、私のバイトの話を持ち出すんじゃないでしょうね？
そんなことを考えている私の横を瑞貴が通り過ぎソファに腰を下ろした。
私は、恐る恐る瑞貴の向かいのソファに腰を下ろした。
「おい」
「な…なに？」
「なんでそっちに座るんだよ？」
「は？」
「お前が座るのはここって決まってるだろーが」

…確かに瑞貴の言うとおりだ。
初めてこの教室に来た日から私が座るのは瑞貴の隣。
でも、それはいつも人がいっぱいで瑞貴の隣しか空いていないから…。
「今日は誰もいないからこっちでもいいでしょ⁉」
「ダメだ」
「なんでよ？」
「お前の席はここって決まってんだよ」
「…」
「…」
「…誰が決めたのよ？」
「俺」
「…」
「…」
なに？
こいつ…。
一体何様のつもり？
ちょっと聞いてみようかしら？
「ねぇ」
「あ？」
「あんた、何様？」
「俺様」
「…‼」
瑞貴が自慢気に答えた。
…聞いた私がバカだった…。
それ以上何も言う気がなくなった私は大きな溜息を吐いて立ち上がり瑞貴の隣に移動した。
早く話を終わらせて自分の教室に戻ろう。
絶対それがいい。

瑞貴と一緒にいたら私までおかしくなってしまうかもしれない…。
「話ってなに？」
瑞貴がタバコの箱をポケットから取り出したのを確認した私はその箱から一本奪い取りながら尋ねた。
そんな私に驚く様子もない瑞貴は自分もタバコを一本取り出すと銜(くわ)えていつも使っているジッポを私に差し出してきた。
気が利くじゃない!!
私は遠慮なくその火にタバコを翳(かざ)した。
私のタバコに火が点くと瑞貴も自分が銜えているタバコに火を点けた。
一度、吸い込んだ煙をゆっくりと吐き出す瑞貴。
「チームを作ろうと思う」
「えっ？」
「準備は完璧整っている」
「準備？」
「他のチームに負けねぇーくらいの人数が集まっている。しかもそのほとんどが繁華街で名前を売っている奴等だ」
「…」
「繁華街を仕切ってるヤクザにも、他のチームにも話は通した」
「いつの間に？」
「お前がバイトに入り浸(びた)っている間だ」
…今、サラっと嫌味(いやみ)を言わなかった⁉
でも、本当のことだから我慢しなきゃ。
ここは頑張ってスルーしよう。
「…そう」
「あぁ」
「もうチーム作るって決まってるんでしょ？　なんで私にわざ

わざ話すの？　私は関係ないじゃん」
「はぁ？　なに言ってんだ？」
瑞貴の表情が険しくなって私の顔の至近距離にある。
「…」
…近いんですけど…。
「お前もそのチームのメンバーだから」
「…はい？」
「なんだ？」
「チームって男ばかりじゃないの？」
「いや？」
「そ…そうなの？」
「グループの時の男のメンバーは全員そのままチームのメンバーになる」
「女は？」
「グループの時と違って危険が付きまとうからな」
「でしょ？」
「だから、お前と凛だけ残す」
「へっ？　なんで私と凛が残るの？」
「お前達なら男相手でもケンカできるからだ」
「…」
「嬉しいだろ？」
…全然嬉しくない…。
そんな理由を聞いて嬉しいなんて思えないし…。
「光栄に思え。ウチのチームで初代の女のメンバーはお前と凛だけだぞ」
「…」
…だから、光栄になんて思えないってば…。
だって、それって私と凛は女じゃないって言われてるみたいなモンじゃない‼

この話は丁重にお断りさせて頂こう‼
「…あの…」
「断ったりすんなよ」
瑞貴が鋭い眼つきで私に睨みをきかせた。
…ダメだ。
こいつは本気だ。
こんな眼の時は私が何を言っても聞いてくれない。
「…凛はなんて言ってるの？」
「お前と一緒なら何も問題ないって喜んでいる。今日も準備で繁華街を走り回ってる」
…凛…。
だから今日は一度も会わないんだ…。
「でも、私はバイトがあるから毎日なんて顔出せないわよ」
「別に毎日、顔を出す必要なんてねぇーよ。お前は、時間がある時だけでいい」
「お前は」ってことは…。
「他の子は毎日顔出すんでしょ？」
「まぁーな」
「じゃあ、私だけ毎日顔出さないなんてダメじゃん」
「綾」
「うん？」
「チームのトップは俺だ。俺がいいって言うんだからいいんだ。誰も俺に文句なんて言えねぇーよ」
「…そう」
どうやら私は瑞貴の話を断れないらしい…。
「チームに入るよな？」
「…うん」
「んじゃ、決まりな」
瑞貴は嬉しそうな笑みを浮べた。

…私は軽い眩暈を感じた…。
校内に鳴り響く午後の授業開始のチャイム。
最近、チャイムの音を聞くとものすごい睡魔に襲われる。
いつも居眠りしていることの賜物じゃない？
これって特技に入らないのかしら？
「教室に戻るか？」
瑞貴が私の顔を覗き込んできた。
戻りたいのは山々だけど…。
今から行っても教室に着く頃には授業が始まっている。
それに、もう限界…。
眠すぎる…。
「ここでしばらく寝る」
「そうか」
瑞貴がこのソファを眠い私のために空けてくれると思っていた。
…でも…。
瑞貴は私の肩に腕を回すと勢い良く自分の方に私の身体を倒した。
そんなことをされるだなんて思っていなかった私は身体に力を入れる暇もなく簡単に瑞貴の力に従って倒れてしまった。
倒れた私の頭は瑞貴の膝の上にすっぽりと嵌った。
「何してるの？」
瑞貴の膝の上に頭を載せたまま私は尋ねた。
「眠いんだろ？」
「うん」
「じゃあ、寝ろよ」
「このまま？」
「なんか文句あるのか？」
…文句はないけど言いたいことはたくさんある。
…だけど…。

瑞貴が私の頭を優しく撫でるから…。
私は心地良くて吸い込まれるように眠りに落ちた。
意識を手放す瞬間に頭の中に疑問が浮かんだ。
友達同士なのにこんなことをするのはおかしいことなんじゃないのだろうか？
確かに私と瑞貴は恋人同士じゃないのに…。
私は瑞貴に抱かれた。
でも、それは割り切れる。
瑞貴は分からないけど、少なくとも私は割り切ってる。
私はこの疑問の答えを出すことができなかった。
答えを出す前に眠りに落ちてしまったから…。
結局、私が目を覚ましたのは全ての授業が終わってしまい部活を終えた生徒が帰宅を始めた頃だった…。

「…ん…」
瞳を開けて一番に飛び込んできたのは瑞貴の顔だった。
「やっと起きた」
瑞貴の一言で、眠りに落ちる寸前までの記憶が脳裏に浮かんできた。
「今、何時⁉」
気のせいかもしれないけど…。
…っていうか気のせいであって欲しいんだけど…。
…空き教室の窓の外が薄暗いような気がする…。
「19時過ぎ…」
「…はぁ⁉」
「んだよ？」
…一体、私は何時間寝ていたの？
…っていうか寝すぎじゃない？
どれだけ疲れてんのよ⁉

「…バイト…」
「あ？」
「バイトに行かないと‼」
「…」
…どうしよう…。
準備があるから20時までに行かないといけないのに‼
その前に家に帰ってお風呂に入りたいのに‼
…あっ…。
この際シャワーでもいいか…。
ダメだ。
それでも絶対に間に合わない‼
「もう‼　なんで起こしてくれないのよ‼」
「…はぁ？」
…分かっている…。
瑞貴は何も悪くない。
どっちかと言えば、こんな時間まで私の睡眠に付き合ってくれたんだから、本当ならお礼を言わないといけないんだけど。
焦りすぎて完全に頭の中が混乱している私には瑞貴に対してこんな態度をとることしかできない。
「…どうしよう…」
そんな私に瑞貴は呆れたような溜息を漏らした。
「…綾…」
「なに⁉」
「とりあえず連絡しろ」
「連絡？　どこに？」
「店だよ」
「店？」
「あぁ。んで、なんでもいいから理由つけて遅れるって言え」
「理由？　…例えば？」

「なんでもいいんだよ」
「そのなんでもいいが一番困るのよ‼」
「店の奴は、お前が高校生って知っているんだろ？」
「うん、ママだけ…」
「それなら、簡単じゃねぇーか」
瑞貴が不敵な笑みを浮べた。
「…？」
「『放課後帰ろうとしていたら、担任に急に呼び出しくらって、今終わったから急いでそっちに行くけど、少し遅れる』って言え」
「いやよ‼　そんなこと、雪乃ママに言ったら私の印象が悪くなるじゃない‼」
「…よく考えてみろ？」
「何を？」
「今はそんなこと言ってる場合じゃねぇーだろ？　どっちにしてもお前の印象は悪くなるんだ。素直に『授業サボって昼寝したら寝過ごしたので遅刻します』って言う方が印象が悪くなるんじゃねぇーか？」
…瑞貴の言う通りだ。
そう思った私はケイタイを取り出し、雪乃ママの番号を呼び出して、発信した。
数回の呼び出し音の後に聞こえてきた雪乃ママの声。
『どうしたの？　綾乃ちゃん？』
いつもと変わらず落ち着いていて上品な雪乃ママの声。
私は瑞貴が考えてくれた言い訳を伝えた。
『分かったわ。急がなくていいから気をつけて来てね？』
雪乃ママは優しくそう言ってくれた。
ごめんなさい…雪乃ママ‼
終話ボタンを押した私は罪悪感でいっぱいになった。

私が大きな溜息を吐いたのはその罪悪感を少しでも忘れたかったから…。
今更、本当のことを話すなんてできない。
…騙すようなことをしてごめんなさい!!
この気持ちはバイトを頑張って返そう。
そう心に誓った…。
「行くぞ」
瑞貴に視線を移すと、ソファに座っていたはずの瑞貴が、すでに立ち上がり空き教室の出入り口のドアの前に立っていた。
いつの間に移動したの!?
「…どこに?」
「…お前いつまで寝ぼけてんだ？　いい加減にしろよ?」
「…」
瑞貴は私に相当呆れているみたいだ…。
「バイト行くんだろ?　家まで送る」
なるほど…。
そういう意味か…。
「ありがとう、瑞貴」
私がそう言うと、瑞貴は自分の髪を乱暴にかきあげた。
…あっ…。
瑞貴が照れている…。
「早く行くぞ」
瑞貴は、私から顔を逸らしたまま空き教室を出て行った。
「あっ!!　待ってよ!!」
私は慌てて立ち上がり瑞貴の後を追って空き教室を出た。
先に行った筈の瑞貴が、教室から少し離れた所で待っていてくれている…。
…本当に優しい奴…。
私は自然と笑みが零れた…。

そのまま私を家まで送ってくれた瑞貴。
送ってくれたのは嬉しいんだけど…。
なぜか、瑞貴はシャワーまで私の家で浴びた…。
「お前がバイトに行く時、俺も溜まり場に行く」
私が住んでいるマンションの下で瑞貴が言った。
「そう、じゃあなんか飲んで待ってる?」
「いや、俺もシャワー浴びて行く」
「…はぁ? 着替えは?」
「クローゼットの中に入ってるだろ? さすがに制服で夜の繁華街は無理だろ」
私がここに住み始めてから瑞貴はちょこちょこ泊まりにやってくる。
大抵夜は繁華街にいる瑞貴。
そんな瑞貴とバイトが終わって帰る時に会うことがある。
そんな時に泊まりに来たりするから瑞貴の洋服が何着か私の部屋のクローゼットの中に入っている。
「…そう」
…別に拒否する理由はなにもない。
私と瑞貴は並んでマンションに入った。
先に私がシャワーを浴びて、準備している間に瑞貴がシャワーを浴びた。
準備が終わった私達は、また並んでマンションを出た。
「じゃあな」
「うん、ありがとう」
お店の近くまで送ってくれた瑞貴と別れて私はお店に向かった。
お店に着いた私は従業員専用の入り口から中に入った。
入ってすぐにある控え室のドアを開けると、もう顔見知りになっている、お店の専属のヘアーメイクのお姉さんが待機していた。

「綾乃ちゃんおはよう」
「おはようございます、マリさん。すみません、遅くなって…」
「いいのよ。今日はこれに着替えて‼」
差し出されたロングドレス。
「…すごい…」
綺麗な真紅のドレス。
「でしょ？　雪乃ママが綾乃ちゃんに似合うって新調してくれたんだよ」
「えっ？　雪乃ママが？」
「うん‼」
マリさんがニッコリと微笑んだ。
「…嬉しい…」
「綾乃ちゃんは雪乃ママのお気に入りだからね」
「はっ？」
早速、ロングドレスに着替えようとしていた私は、マリさんの言葉に驚いて動きを止めた。
「ねぇ、綾乃ちゃん、知ってる？」
「…？」
「雪乃ママから名前の漢字をもらったのは綾乃ちゃんが初めてなんだよ」
「そ…そうなの？」
「うん‼」
「…知らなかった…」
嬉しいんだけど…。
そんなことを聞いたら…。
また罪悪感が…。
「大変‼　綾乃ちゃん急がないと‼」
そうだった‼

私は今日遅刻だったんだ。
急いで真紅のロングドレスに着替えると、マリさんが髪をセットして、メイクをしてくれた。
「はい！　綾乃ちゃんの完成‼」
大きな鏡に映ったのは、いつもの私じゃなくて"綾乃"だった。
この格好になると気持ちが引き締まる。
背中に細い棒が入ったように自然と背筋が伸び、指の先の動きにまで神経が張り詰められていく感じ。
今の私は"綾"じゃなくて"綾乃"なんだ。
瞳を閉じ、集中して自分にそう言い聞かせる。
ゆっくりと瞳を開け鏡の中の自分に微笑む。
「今日も綺麗ね、綾乃ちゃん」
「ありがとう、マリさん」
「いってらっしゃい‼　頑張ってね」
マリさんの言葉に見送られて私は控え室を出た。
控え室のドアを出て奥に進むともう一つのドアがある。
この扉の向こうが私の場所。
"綾乃"の居場所なんだ。
私は深呼吸をしてから、気持ちを落ち着けドアのノブに手を掛けた。
薄暗い通路に煌びやかな光が漏れてくる。
一歩、足を踏み出すとそこは別世界。
瞳に映る全ての物が洗練された高級品で、普段の私なら絶対に見ることも触れることもないような店内の調度品。
シャンデリア、テーブル、ソファ、店内の至る所に置かれている小物、グラスや食器、その全てが雪乃ママが選びぬいたものばかり。
もちろん、ここで働いている従業員達も…。
ここは、雪乃ママが作り上げた世界。

客だって雪乃ママの許可がないとこの世界に入ることは許されない。
「綾乃さん、おはようございます」
黒服姿の男の子が声を掛けてくれる。
「おはようございます」
時間を選ばないこの挨拶にも戸惑うことはなくなってきた。
「綾乃ちゃん‼」
ボーイの男の子と挨拶をしている私に気付いた雪乃ママが慌てた様子で駆け寄ってきた。
「雪乃ママ、すみません。遅くなってしまって…」
いつも和服姿で上品な雪乃ママ。
そのママが珍しく焦っている。
その証拠に、勢い良く私の腕を掴んだ。
「雪乃ママ⁉」
「雪乃ママ、どうぞ」
カウンターの中から男の子が雪乃ママにお茶の入ったグラスを差し出した。
「ありがとう」
グラスを受け取った雪乃ママがそのお茶を一気に飲み干した。
グラスをカウンターに置いた雪乃ママは深呼吸をして呼吸を整えた。
「ママ？　大丈夫？」
「ええ、おはよう。綾乃ちゃん」
ニッコリと妖艶な笑みを浮べた雪乃ママはいつもと同じ上品で落ち着いた雰囲気のママだった。
「おはようございます」
「早速で悪いんだけど、満席なのよ」
「満席⁉」
「ええ。女の子が全然足りなくって…」

「じゃあ、私ついてきます」
私が店の奥に行こうとすると、雪乃ママが腕を引っ張った。
「綾乃ちゃん‼」
「えっ？」
「今日のお客様…」
雪乃ママが言葉を濁した。
「なんですか？」
「ちょっと特殊なお仕事の方達なの…」
…特殊なお仕事…。
私は大きな観葉植物の陰から店の奥を覗いた。
確かに…。
特殊だ…。
厳ついスーツ姿の男達はお店のソファを埋め尽くしている。
「大丈夫？」
雪乃ママが心配そうに私の顔を覗き込んだ。
「大丈夫です、任せてください」
普通のお客さんより得意かもしれない。
そう思った私は雪乃ママにニッコリと微笑んだ。
「よかった」
安心した様子の雪乃ママ。
「どのテーブルにつけばいいですか？」
「一番奥をお願いできるかしら？」
…一番奥って…。
VIP席なんじゃ…。
「綾乃ちゃん？」
「は…はい、分かりました」
私と雪乃ママのやり取りを見ていたボーイの男の子が近付いてきた。
「ご案内します」

「いいわ。私が案内するから」
男の子の申し出をやんわりと断った雪乃ママ。
「一番奥のテーブルには、この辺一帯を仕切っている組の組長さんがいるの。そこが一番、安全だから」
雪乃ママが声を潜め私の耳元で囁いた。
"組長"と"安全"って言葉が結び付かないんだけど…。
「ありがとうございます」
雪乃ママの配慮にお礼を言った。
「行きましょうか？」
私は深呼吸をして気合を入れた。
「はい」
一歩前を歩く雪乃ママについて、店内の奥へ向かって歩く。
店内にいる人達の視線が全身に突き刺さる。
奥へと続く通路は全てのボックス席から見えるようになっている。
そこをボーイじゃなく雪乃ママに連れられて歩いているんだから目立ち方も半端じゃない。
こんな時でも私の負けず嫌いは顔を覗かせる。
下を向いてしまえば負けたような気がする。
だから、私はまっすぐ前を向いて歩いた。
たくさんの視線を集めながら、辿り着いたVIPルーム。
薄いカーテンで仕切られているその席は特別の人しか座ることのできない席。
この世界の特別は、お金を使う人ってこと…。
「響さん」
雪乃ママがカーテンの上がっている出入り口から中の空間に足を踏み入れた。
「なんだ？」
中から聞こえてきた低くて優しそうな男の人の声。

「紹介したい子がいるんだけど。いいかしら？」
「あぁ」
「綾乃ちゃん」
名前を呼ばれた私は初めてVIPルームの中に入った。
外からは人影くらいしか分からないその空間は思いのほか広かった。
「はじめまして、綾乃です。よろしくお願いします」
そう言って挨拶した私は顔を上げて驚いた。
私の真正面が上座だから、この人が組長なんだろうけど…。
全然、ヤクザに見えない。
私が想像していた人と違う。
あんまり、ヤクザの人と接したことはないけど、小太りで厳つい顔のおじさんを想像していたのに…。
目の前にいるのは、優しくて穏やかそうな大人の男性。
他の人達と同じ黒いスーツを着ているけど、全然それっぽくなくて、どちらかと言えばオシャレな感じがする…。
まっすぐに向けられた視線から、私は瞳を逸らすことができなかった。
…漆黒の瞳…。
「綾乃ちゃん？」
私は雪乃ママの声で我に返った。
「…失礼しました」
そう言って気付いた。
…ここ女の子足りてるじゃん。
この席には組長も含めて、お客が3人。
組長の隣にはこの店のNo.1のアリサがベッタリとくっついてるし、ヘルプ専用の椅子にも女の子が座っている。
他のテーブルに比べたら…。
私がここにつく必要なんてない気がするんだけど…。

「アリサちゃん」
「はい？」
「綾乃ちゃんと代わって」
「えっ？」
雪乃ママの言葉に驚いたのは、アリサだけじゃなかった。
私だって…空になったグラスに水割りを作ろうとしていた女の子だって、息を飲んで雪乃ママの顔を見つめていた。
組長がアリサを指名していないことは分かる。
…でも…。
すでに組長についているNo.1のアリサをバイトの私と代えるのは…。
アリサが組長を狙（ねら）っているのは一目瞭然だ。
この店を貸し切るってことは、それだけのお金をこの店に落とすってこと…。
そんな客を自分の客にできたら、No.1ホステスとしての地位も収入も安泰（あんたい）。
バイトの私には、売り上げなんて関係ないのに…。
「アリサちゃん」
雪乃ママの優しく上品な声が響いた。
妖艶な笑みを口元にたたえている雪乃ママの顔を見つめるアリサ。
一瞬、アリサが悔（くや）しそうな表情を浮べたのを私は見逃さなかった。
だけど、それは本当に一瞬のことでアリサは組長にニッコリと微笑んだ。
「響さん、ごゆっくり。失礼します」
「あぁ」
真っ白なロングドレスを身に纏（まと）ったアリサが優雅に立ち上がり、席を離れた。

「失礼します」
アリサが座っていた席に私は腰を下ろした。
「響さん、綾乃ちゃんは新人さんだから苛めないでね」
雪乃ママはそう言って席を離れた。
「店に入ってどのくらいだ？」
「一ヶ月くらいです」
「慣れたか？」
「いいえ、まだ…」
「慣れない方がいい」
「えっ？」
「この世界には染まらない方がいい」
同じテーブルの他のお客さんと女の子が楽しそうに話している声、VIPルームの外から聞こえてくる声、店内に流れる音楽…。
たくさんの音が絶え間なく耳に飛び込んでくる中、響さんの低く落ち着いた声が心地よく耳にひびいた。
…変わった人…。
この世界に飛び込んで一ヶ月。
その間「頑張って早く慣れてね」って言われ続けてきた。
私だって「早く慣れなきゃ‼」って思っていた。
遊びで働いている訳じゃない。
私の生活が掛かっているんだ。
なのに…。
この人は…。
「なんか飲むか？」
「はい、お茶を頂いてもいいですか？」
「お茶⁉」
漆黒の切れ長の瞳が驚いたように見開かれた。
「は…はい」
私、変なことを言った？

「酒、飲めないのか？」
「いいえ」
「じゃあ、飲めよ」
「飲むと仕事ができなくなるので」
本当は飲みたい。
飲んだ方が話だってできるし、緊張することもなくなる。
でも…。
ここはお客さんが楽しむ場所。
私達はお客さんを楽しませるのが仕事なんだ。
雪乃ママに最初に教えてもらったこと。
私の瞳をまっすぐに見つめていた響さんの漆黒の瞳が細められた。
この人、こんなに優しく笑うんだ。
「おい」
響さんの言葉は私の横を通り過ぎ、同じテーブルの顎にヒゲをたくわえている厳つい男の人に届いた。
「はい」
今まで女の子と楽しそうに談笑していた男の人が真剣な表情で返事をした。
和やかだった場の雰囲気が響さんの一声で一気に張り詰めた。
「お茶を持って来させろ」
「分かりました」
VIPルームの出入り口近くの女の子が立ち上がろうとするのを制し、男の人が立ち上がった。
「それから、雪乃を呼べ」
「はい」
VIPルームを男の人が出てすぐに雪乃ママがやって来た。
「お呼びかしら？　響さん」
「あぁ、今日は指名をしたいんだが」

指名⁉
…やっぱりアリサの方が良かったとか？
そういうオチなの？
そう言えば、今日の朝のテレビで見た占いで私、ワーストだったのよね…。
「あら、珍しい‼」
驚いた様子の雪乃ママを他所に響さんは、私を凍りつかせる一言を言い放った。
「綾乃を指名する」
…綾乃か…。
やっぱり綾乃が良かったのか。
………。
綾乃⁉
綾乃って…私じゃないの⁉
響さん…。
正気なの⁉
"アリサ"と"綾乃"を間違えたとか言わないでしょうね。
このクラブは永久指名制。
一度指名するとその女の子が店を辞めるまで、指名を変えることはできないのに…。
「間違えた」っていうなら今しかないんだよ？
私は、そぉーっと響さんに視線を向けた。
「…」
私の視線に気が付いた響さんは、優しく穏やかに微笑んだ。
…どうやら間違ってはいないらしい…。
「良かったわね。綾乃ちゃん」
「…はい」
雪乃ママはニッコリ微笑んでいるけど…。
…分からない…。

なんで、響さんはアリサじゃなくて私なんかを指名したんだろう…。
私、今日の占いでワーストだったのに…。
「雪乃」
「はい？」
「他の女の子にも好きなものを好きなだけ飲ませてやってくれ」
「まぁ、ありがとう‼」
雪乃ママの顔が輝いた。
一体、響さんは今晩いくら使うつもりなんだろう…。
響さんが私を指名してくれたってことは、響さんが今日お店で使ってくれたお金は私のお給料に影響を与える。
その時、私は気付いてしまった。
…アリサに恨まれる…。
私がこのテーブルにつかなければ、指名をしていない響さんが使ったお金はテーブルマスターのアリサの売り上げになっていたはず…。
さっき見てしまったアリサの悔しそうな表情が脳裏に浮かんだ。
…だから女の世界は鬱陶しいのよね。
「どうぞ」
いつの間にか戻ってきた顎ヒゲの人がお茶の入っているグラスを差し出してくれた。
「ありがとうございます。頂きます」
私がグラスを持ち上げると、響さんがそのグラスに自分のグラスを当てた。
ガラスがぶつかる音がひびいた。
水割りを口に含んだ響さんがグラスをテーブルに置きスーツのポケットからタバコの箱を取り出した。
それに気付いた私はバッグの中からライターを取り出した。

その時、視界の端で動く人影が見えた。
そちらに視線を移すと、ライターを握り火を点けようと構えている男の人と目が合った。
「私の役目ですから」
笑顔で男の人に声を掛ける。
「はぁ…」
私の言葉に驚いたような表情の男の人。
いつもはこの人の役目かもしれないけど、ここでは私の仕事。
「牧田」
私の隣で響さんが口を開いた。
「はい」
「綾乃に任せておけ」
「分かりました」
牧田と呼ばれた男の人はポケットにライターを入れた。
「ありがとうございます」
牧田さんにお礼を言って、響さんにライターの火を差し出した。
その火にタバコを翳す響さん。
タバコをもつ左手の薬指が光を放っていた。
店内のライトの光が薬指にはめられている指輪に反射していた。
響さんの歳は分からないけど、見た感じ20代後半から30代前半。
結婚していても全然おかしくない。
どちらかといえば、かっこよくて、オシャレで優しいんだから結婚してないって言う方が信じられない。
…だけど…。
なんだろう？
この感じ…。
胸に何かが引っ掛かっているような…。
「どうした？」
響さんが私の顔を覗き込んだ。

「すみません。失礼しました」
仕事中に考え事をするなんて最低だ。
私は響さんに頭を下げた。
「なんで謝るんだ？」
「…」
「謝らなくていい。気にするな」
「…はい」
「今度、飯でも食いに行くか」
…えっと…。
これって、同伴かアフターのお誘いなのかな？
「はい、喜んで」
「毎日、出勤しているのか？」
「いいえ、昼間も働いているので休みの前の日だけです」
これは、雪乃ママと入店の時に考えた私の設定。
「お店で歳を尋ねられたら20歳って言うこと」
20歳だから、まだ学生でもいいけど、ツッこんだ話になるとボロが出そうだから、"事務員"をして働いていることになっている。
「学生です」って言ったら「学校はどこ？」って聞かれるけど、「事務のお仕事してます」って言っても「どこの会社？」って聞かれることはない。

「休みはいつだ？」
「土日、祝日です。お店に出るのはその前日です」
私は自分のケイタイ番号が書いてある名刺を響さんに差し出した。
「分かった。近いうちに連絡する」
響さんは受け取った私の名刺をスーツのポケットに入れた。
「分かりました」

その後2時間程、響さんは私と話して帰って行った。
この辺を仕切っている組の組長だなんて言うから、どんなに怖い人だろうと思っていたけど、響さんは優しくて穏やかで全くそんな雰囲気なんて感じさせなかった。
どちらかと言えば品があって紳士的なお客さん。
そんなイメージの人。
響さんが帰る時、店の外まで見送った。
「響さん、今日はありがとうございました」
「こちらこそありがとう」
響さんはニッコリと微笑んでくれた。
…なんで響さんがお礼を言うんだろう？
その答えを聞く前に響さんは厳つい男の人に囲まれて帰って行った。
「ありがとう、綾乃ちゃん。助かったわ」
響さん達の姿が見えなくなると、一緒に見送りに店の外に出ていた雪乃ママが、私の肩を叩いた。
「…いいえ」
「いいお客様を捕まえたわね」
「…はぁ」
「響さんはウチのお店でもトップクラスのお客様よ」
「そうなんですか？」
「ええ。私がお店を出す前からの付き合いだけど、なかなか指名してくれなかったのよね。綾乃ちゃんについてもらって本当に良かったわ」
満足そうな雪乃ママ。
…だけど…。
雪乃ママの話を聞いて私の疑問はより一層深まった。
「雪乃ママ」
「なに？」

「響さんは、なんで私なんか指名したんでしょうか？」
「えっ？」
「…」
「…綾乃ちゃんだからよ」
「…？」
「響さんは、綾乃ちゃんだから指名したのよ」
…。
雪乃ママは嬉しそうに笑っているけど…。
ダメだ…。
全然意味が分からない…。
「綾乃ちゃん、今日はもういいわよ。ごめんなさいね、明日も学校なのに…」
「いいえ、お先に失礼します。お疲れ様でした」
「お疲れ様」
私はなにか引っ掛かるモノを感じながら控え室で着替えを済ませて店を後にした。

Episode 5 Red Butterfly

いつもと変わらない日常。
いつもと変わらない光景。
クラスメート達が席についていて、教師が教科書を見つめながら意味の分からない英語を喋っている。
その声を聞きながら、私はウトウト…。
響さんがお店に来てから一週間。
相変わらずお店は大盛況で昨日も出勤した私は一時限目から睡魔に襲われる始末…。
…眠い…。
いつもならこの授業の時は眠れるんだけど…。
どういう訳か、今日は眠れない…。
眠いのに眠れない私は、その授業終了と共に席を立った。
このままだったら、イライラして誰かを殴りそう…。
そう思った私は、大人しく早退することにした。
"早退"って言っても担任の許可を取った訳でも、保健室に行った訳でもないから、ただのサボりなんだけど…。
「綾‼」
廊下を歩いていると誰かに体当たりされた。
後ろから体当たりされた私は危うく廊下のど真ん中で派手にコケそうになった…。
最高にムカついた私は背後にいるであろう相手を振り向きざまに殴ろうとした…。

「きゃっ‼」
その相手は女の子らしい声を出しながらも素早い動きで避けた。
…この学校で私のことを名前で呼ぶ人間は限られている…。
しかも、それが女なら確定。
「凛‼」
「きゃー‼　ごめんなさい‼」
…やっぱり…。
大袈裟に謝りながらも楽しそうに笑っている凛。
凛の笑顔を見ていると怒る気もムカついていた気持ちさえもなくなった。
私は大きな溜息を吐いた。
「綾、どこに行くの？」
「帰るの」
「なんで？」
「眠いの」
「はぁ？　眠い？　具合が悪いんじゃなくて？」
「具合は悪くないわよ。気分が悪いけど」
「気分が悪い⁉　なんかあったの？　誰かに苛められたとか⁉」
「苛められてはないけど…」
「…けど？」
「体当たりされた」
「…」
「…」
「…申し訳ありませんでした…」
力なく頭を下げる凛を見て私は吹き出した。
「そんなに眠いなら、空き教室で寝ればいいじゃん」
「あそこ、たくさん人がいるもん」
「綾が行って、瑞貴に眠いって言えばあっという間に誰もいな

93

くなるよ」
「別にいいわよ。最近、寝不足だからゆっくり眠りたいし」
「そっかー」
「そうだ、凛。伝言頼まれてくれる？」
「いいけど？」
「瑞貴に『帰るからお昼は一緒に食べられない』って伝えてくれる？」
「分かった。今日もバイトなの？」
「まだ分からないけど、多分、今日は休みかな」
「じゃあ、たまには溜まり場にも顔出しなよ!!」
「うん、起きたら連絡する」
「おやすみ!!」
今の時間には合わない凛の挨拶(あいさつ)に手を振って私は学校を後にした。
「眩しい…」
校門を出ると目が眩(くら)むような日差しが私を照らした。
この時間に外にいることなんて滅多(めった)にないから…。
私はトボトボと家に向かって歩き出した。
学校から繁華街にある家までの距離が長く感じる。
…早くベッドに横になりたい…。
そんなことを考えながら歩いていると一台の車のエンジン音が近付いてきた。
ここは、車一台がやっと通るくらいの細い路地。
…こんな細い道を通るなよ。
私は、そう思いながら道の端に避けた。
避けてあげているのに、車のエンジン音は近付いては来ているもののスピードを落としているような気がする。
追い越したいなら、早く追い越せばいいのに。
ちょっと文句でも言ってやろうかな。

私は、イライラしながら振り返った。
…。
ヤバイ…。
この車には文句なんて言えない。
ノロノロと近付いて来る車は…。
真っ黒い車体が太陽の光を浴びて重い輝きを放っていた。
フルスモークの"プレジデント"。
…振り返らなければ良かった…。
私は数秒前の自分を殴りたい衝動に駆られてしまった。
……目を逸(そ)らすべき!?
そんな考えが過ぎったけど、性格上そんなことはできない。
私はその車を見つめていた。
目の前まで近付いて来た車が私の横で静かに停まった。
…文句を言おうと思ったのに、文句を言われるのはどうやら、私らしい。
私は無意識のうちに右手に持っていたカバンを左手に持ち直し、利き手で拳(こぶし)を作っていた。
こんな時でも、私の防衛本能はちゃんと働くらしい。
相手が誰でも負けるのは絶対にイヤ…。
私は拳に力を入れた。
停まった車の後部座席の窓がゆっくりと下がる。
「綾乃」
穏(おだ)やかで優しい声。
…この声は…。
「響さん!?」
これって響さんの車なの!?
「おはよう」
優しい笑みを浮かべた響さんを見て私の身体から力が抜けた。
「お…おはようございます」

…っていうか…。
挨拶なんかしている場合じゃない気がするんだけど…。
…まずい…。
私、今、制服を着てるんだけど。
お店のお客さんの響さんにこんな格好見られたら…。
私、お店で働けなくなるじゃん!!
どうしよう…。
でも、誤魔化しようがない。
だけど、今クビになると生活ができなくなるし!!
…。
…どうしよう…。
「綾乃」
「は…はい」
「飯、食いに行く約束していたよな?」
「は?」
「忘れたのか?」
「…いいえ」
「今から時間あるか?」
学校サボったんだから時間はあるけど…。
眠くて早退したんだけど、この状況にすっかり眠さなんて吹っ飛んだ。
「…はい」
「乗れ」
響さんがそう言うのと同時に運転席から、男が降りてきた。
そして、響さんが乗っている反対側の後部座席のドアを開けた。
本当は走ってこの場から逃げたいんだけど。
どうにかして、誤魔化さないといけない。
私がクビになるのは仕方がない。
どんな理由があろうと嘘を吐いて響さんを騙していたんだから

…。
だけど、雪乃ママやお店には迷惑を掛けたくない。
今、逃げる訳にはいかない。
私は、車の反対側にまわり後部座席に乗り込んだ。
タクシー並みに自動的に閉まるドア。
運転席に男が乗り、車は静かに動き出した。
車内に広がる沈黙が息苦しい。
言い訳さえ思いつかない私は響さんの方に視線を向けることさえできない。
何か話さないと…。
そう思うほど、頭の中は真っ白になっていく。
重苦しい沈黙を破ったのは響さんだった。
「コスプレか？」
「えっ？」
…今なんて言った？
「コスプレが趣味なのか？」
…。
…違うでしょ？
ここは「歳を誤魔化してたのか？」とか「嘘を吐いていたのか？」って言うところでしょ？
…それに私が制服を着ていてコスプレしているように見えるっていうのが納得いかない‼
遠まわしに「制服を着ている歳に見えない」って言われてる気がする…。
ってことは、私が老けてるってことでしょ⁉
「…私、そんなに老けてますか？」
「…」
なんで何も答えないのよ⁉
やっぱりそう思っているのね…。

私はチラっと響さんの方に視線を向けた。
「…!!」
てっきり、驚いていると思った響さんが…。
笑っていた。
しかも、声を押し殺して。
「響さん」
「うん?」
「笑いたいのなら笑ってください」
「あぁ、悪い…ぶっ!!」
我慢の限界に達したらしい響さんが楽しそうに声を上げて笑い出した。
…。
確かに言ったわよ。
「笑いたいのなら笑ってください」って…。
…でも…。
だからって本当に爆笑しなくてもいいんじゃない?
まぁ、私が高校生には見えないって自分でも分かってるから別にいいんだけど。
それにしても、響さんってよく笑う人だな。
私は大きな溜息を吐いた。
その溜息は、響さんにも届いたらしい。
「悪い」
響さんは、咳払いをして笑いを飲み込んだ。
「別に、気にしていませんから」
「気にしてんだな」
「…」
…「気にしてない」って言ってるのに…。
この人は私にケンカを売っているんだろうか?
売られたケンカは買う主義なんだけど…。

軽く殴っちゃう？
…ダメ‼
響さんはお店のお客さんなんだし。
それに今の私は"綾"じゃなくて"綾乃"だった。
しかも、響さんを殴ったら大変なことになる。
運転席には、明らかにそっちの世界のお兄さんがいるし。
軽く殴っても、数倍になって返ってくるはず。
今の私にはそれに対応する力なんて残ってないし…。
ここは大人しくしていよう。
「学校は早退したのか？」
「はい」
「具合が悪いのか？」
「いえ、眠くて」
「眠い⁉」
「…はぁ」
「昨日も店に出たのか？」
「えぇ、まぁ」
「休みの前の日だけって言ってなかったか？」
「一応、そうなんですけど、最近忙しくて…」
響さんが溜息を吐いた。
「今日は？」
「えっ？」
「店に出るのか？」
「まだ分からないけど、多分出ないと思います」
「そうか」
響さんに歳がバレてしまったんだから今日はどっちにしてもお店にはいけない。
もしかしたら、二度とお店に出ることはできないかもしれない。
また、バイト探さないと…。

雪乃ママのお店、結構好きだったんだけどな。
でも仕方がない。
雪乃ママもお店も好きだからこそ迷惑を掛ける訳にはいかない。
「眠いか？」
響さんの声で私は我に返った。
「い…いいえ」
考え事に夢中になった私を見て、響さんは私が眠いと思ったようだ。
「今、家に帰って親は何も言わないのか？」
「えっ？　大丈夫です。私、親とは一緒に住んでいませんから」
「は？」
響さんの切れ長の漆黒の瞳が丸くなった。
「一緒に住んでいないのか？」
「はい」
何でこの人はこんなにビックリしているんだろう？
「そうか」
響さんは何かを聞きたそうだったけど、言葉を飲み込んだように見えた。
「…？」
私は首を傾げた。
「少しだけ時間はあるか？」
「えぇ」
私が頷くと響さんが運転席の男に向かって言った。
「駅前のホテルに行ってくれ」
「分かりました」
運転席の男が答えると車は急に速度を上げた。
…ホテル…。
ホテル!?

なんで？
なんでホテルに行くのよ⁉
ホテルって聞いてそういう想像しかできない私もどうかと思うけど…。
だけど‼
男と女が一緒にホテルに行って、それ以外に何をするっていうの⁉
ふと隣にいる響さんに視線を向けると、腕を組んで瞳を閉じていた。
…寝てる⁉
響さん、寝てるの⁉
私がこんなに焦っているのに？
私を焦らせているのは響さんなのに？
なんで自分だけ寝てるのよ⁉
信じられない‼
私のイライラが頂点に達した時、車は静かに停まった。
窓から外を見ると、豪華な造りのホテルが見えた。
入り口近くに立っているホテルの従業員らしい男の人が近付いてくる。
その時、響さんが瞳を開けた。
…起きた？
見つめている私と目が合った響さんが優しく微笑んだ。
「どうかしたか？」
その笑顔を見ると、さっきまでのイライラも焦りもどこかに吹っ飛んだ。
「いいえ」
私がそう答えた時、響さん側のドアが開いた。
「失礼します」
さっき車に近付いてきていた男の人だった。

響さんは車を降りると私に手を差し出してきた。
私はその手に掴まって車を降りた。
車のドアが閉まると、響さんが私の腰に手をまわした。
その動作はとても自然だった。
余りにも、自然すぎてそうされることが普通なのかもしれないと思えるほど…。
表情を変えることもなく、響さんは私の腰を抱いたままホテルの中に足を進めた。
周りの人達から見たら私と響さんはどんな関係に見えるんだろう？
制服姿の私と、黒いスーツ姿の響さん。
その後ろからは強面のお兄さんがピッタリついて来ている。
援交しているようには…見えないか。
私が制服を着ているとコスプレしているように見えるらしいし…。
…‼
もしかして、周りの人達もそう思っていたりする⁉
私は、慌てて辺りを見まわした。
…良かった…。
誰も見てない。
私は、胸を撫で下ろした。
「どうした？」
頭の上から聞こえてきた声。
そっちを見上げると、優しい笑みを浮かべて私を見つめる響さんの顔。
今まで気付かなかったけど、響さんって背が高い。
私が立って人と話す時に見上げて話すことなんて滅多にない。
「綾乃？」
「…えっ？」

「大丈夫か?」
「は…はい、大丈夫です」

◆◆◆◆◆

ホテルの最上階にあるラウンジ。
壁が全てガラス張りになっていて、景色が一望できる。
落ち着いた色で統一されたテーブルと椅子のお陰で窓から見える景色が引き立って見える。
「ここでなんか飲んで待っていろ」
後ろからついて来ていた男の人にそういい残し響さんは奥に足を進めた。
響さんが向かったのはラウンジの奥の席。
仕切りがあるから他の席からは見えにくくなっている。
手前の椅子を響さんが引いてくれた。
「ありがとうございます」
私がその椅子に腰を下ろすと、真向かいの席に響さんが腰を下ろした。
「飲み物、なにがいい?」
「アイスコーヒーで」
「アイスコーヒー?」
「…? はい」
「ジュースじゃなくていいのか?」
「…はい?」
「まだ高校生なんだから、無理しなくていいんだぞ?」
…。
…今更?
あれだけ爆笑したくせに今更そんな気遣い?
しかも、なんで笑いを堪えてんの?

…この人こんな優しい顔して実はドSなんじゃ…。
そんな疑惑が浮上してきた時、ラウンジの店員がやってきた。
「失礼します。ご注文は？」
ついさっきまで私の目の前で笑いを押し殺していた響さんの表情が変わった。
「アイスコーヒーでいいのか？　それとも別のモノにするか？」
響さんが私に視線を移した。
「アイスコーヒーで大丈夫です」
私が答えると響さんが頷いた。
「アイスコーヒーとホットコーヒー」
「かしこまりました」
店員が離れていくと響さんがスーツのポケットからタバコの箱を取り出した。
それを見た私は無意識のうちに制服のポケットからライターを取り出した。
タバコを銜(くわ)えた響さんが切れ長の漆黒の瞳を細めた。
「いい」
「えっ？」
「今、仕事中じゃねぇーだろ？」
「…」
…あぁ、そうか。
今は仕事中じゃなかったんだ。
「職業病だな」
銜えたタバコに自分で火を点(つ)けた響さんが苦笑している。
職業病？
私ってそんなに仕事熱心だったんだ。
そう思うと自分でも苦笑してしまう。
私は手に握っているライターをテーブルの上に置いた。

ぼんやりとそのライターを見つめていると響さんが手元にある灰皿をテーブルの真ん中に置いた。
「…？」
「吸うんだろ？」
なんで響さんは私がタバコを吸うことを知っているんだろ？
私が響さんと会ったのはお店と今日だけ。
ウチのお店は女の子がお客さんの前でタバコを吸うのは禁止だからあの日は響さんの前では吸っていないはず…。
もちろん今日だって…。
「なんで知っているんですか？」
「ん？」
「私がタバコを吸うって分かるんですか？」
私が首を傾げると響さんは唇の端を片方だけ上げて笑った。
「それ」
響さんが指差したのはテーブルの上に置いてある私のライター。
「…？」
「お前がタバコを吸わねぇーなら、そんな物を制服のポケットから出したりしねぇーだろ」
「なるほど…」
響さんが言った通りライターを取り出したポケットにはタバコが入っている。
響さんには敵（かな）わない…。
そう思いながらポケットの中に忍ばせているタバコの箱に手を掛けた。
その時あることに気が付いた私は手を止めた。
私、今制服着ているんだった。
いくら老け顔だと言っても公共の場所で高校の制服を着た私が堂々とタバコを吸う訳にはいかない。
「吸わないのか？」

動きを止めた私に響さんが尋ねた。
「…はい、今は…」
私は必死に適当な理由を探した。
「今は？」
漆黒の瞳が私を見つめている。
"喉の調子が…。"
…今まで普通に話していたのに？
"タバコを持っていない…。"
…なんか響さんのタバコを欲しがってるみたいじゃない？
まっすぐに向けられる響さんの視線に私は冷静さを失っていく気がした。
心の中まで見透かしてしまいそうな漆黒の瞳。
冷静さを失った私の頭が正常に動くはずもなく…。
「…制服なんで…」
必死で考えた挙句に私の口から零れ落ちた言葉はそのままの理由だった…。
「そんなことか。気にする必要はない」
「…はい？」
「俺が一緒なんだ。誰も、何も言わない」
低く優しい声で穏やかな口調の響さん。
それとは対照的に威圧的で鋭さを感じる言葉。
響さんの瞳と言葉には絶対的な自信が満ち溢れていた。
躊躇っていた私の手が自然に動いた。
ポケットからタバコの箱を取り出し一本口に銜える。
高い金属音が微かに耳にひびいた。
目の前に差し出された火にタバコを翳した。
ゆっくりと煙を吐き出した時、トレーを持った店員が近付いてきた。
「お待たせしました」

私の前に置かれるアイスコーヒー。
その時、店員が私の指先にあるタバコに視線を止めた。
何か言われる？
そう思った私は視線を上げた。
ぶつかる視線。
「おい」
威圧的で低い声。
「なんか用か？」
響さんの冷たい声を私は初めて聞いた。
「い…いえ、失礼しました」
頭を下げた店員が響さんの前にコーヒーを置いた。
その手は微かに震えていた。
「失礼しました」
再び頭を下げた店員が足早に席を離れて行った。
響さんは何事もなかったかのように運ばれてきたばかりのコーヒーに口を付けていた。
「誰も、何も言わない」じゃなくて「誰も、何も言えない」んだ…。
この人は優しくて穏やかだけど本当に組長なんだ。
イキがっているだけの私とは別世界の人。
あまり深く関わらない方がいいのかもしれない…。
…。
深く関わらない？
私と響さんの関係はホステスとお客さん。
ただそれだけの関係で、それ以外の何でもない。
何をそんなに深く考えているんだろ？
私は指に挟んでいるタバコを灰皿で押し消して、目の前にあるアイスコーヒーにストローをさして勢い良く吸い込んだ。
一気にグラスの半分くらいまで飲んだ私に響さんが声を掛けた。

「喉、渇いていたのか？」
「はい」
「お前、面白いな」
そう言って笑った響さんはとても優しくて穏やかで…。
私は胸が痛くなった。
初めて感じた胸の痛み…。
その理由は分からないけど…。
そういえば、響さんは私に話があったんじゃ…。
「響さん」
「うん？」
「私に何かお話があったんじゃないですか？」
「あぁ」
響さんは手に持っていたタバコを灰皿で押し消した。
「…？」
「夜、働いているのは生活のためか？」
「…えっ？」
「雪乃はお前の本当の歳を知っているんだろ？」
…。
これは正直に答えてもいいのだろうか？
私が正直に答えたら雪乃ママにも迷惑が掛かってしまう…。
本当のことは雪乃ママに相談してから話した方がいいのかもしれない。
私は小さく息を吐いてから口を開いた。
「雪乃ママは私の本当の歳を知りません」
「知らない？」
「はい、面接の時に"20歳"だと言っています」
私の瞳を響さんはまっすぐに見つめている。
その漆黒の瞳に私の嘘は見抜かれてしまいそうな気がする。
…できれば瞳を逸らしたい。

だけど、今逸らすと嘘がバレてしまう。
背中に変な汗が流れた。
「そうか」
響さんが頷くと同時に私の身体から力が抜けた。
……よかった…。
「それから、私が歳を誤魔化して働いているのは、自分の生活のためです」
「親は？」
「います」
「なんで、親に頼ろうとしないんだ？」
「私は親に頼らなくても生きていけます」
「…」
「私が親を必要としないように親も私を必要としていません」
「…」
「お互いに必要ないから一緒に住む必要なんてないんです」
響さんは私の顔を見つめて黙って話を聞いていた。
「本当の歳はいくつだ？」
「…16です」
「…」
「…？」
「16…って16歳か!?」
「は…はい」
「綾乃」
「はい？」
「悪いけど16歳には見えない」
「…やっぱり？」
「あぁ」
響さんは大きな溜息を吐いた。
…ちょっと待ってよ…。

109

溜息を吐きたいのはこっちだし…。
その時、私のカバンの中からケイタイの着信音が聞こえてきた。
…この着信音は瑞貴だ…。
…面倒くさいなぁ。
瑞貴の言いたいことは分かっている。
私はそのまま着信音が止まるのを待つことにした。
「取れよ」
響さんが椅子の上のカバンを顎で指した。
「…いいんです」
「遠慮するな」
…別に遠慮なんてしてないんだけど…。
そう思いながら私は渋々カバンに手を伸ばした。
私が通話ボタンを押す前に切れればいいのに…。
そんな私の願いも虚しく鳴り続ける着信音。
目の前の響さんは再びタバコを取り出して火を点けている。
瑞貴は私が取るまで鳴らし続けるに違いない。
そう悟った私は小さな溜息を吐いてボタンを押してケイタイを耳に当てた。
「…もしも…」
『綾‼ てめぇーは学校をサボってなにしてんだ⁉』
私の言葉を遮った瑞貴の声が鼓膜にひびいた。
思わず私はケイタイを耳から離してしまった。
…耳が痛い…。
「…瑞貴…」
『あ？』
「…あんた、マジでうるさい」
『はぁ？』
「あんたの声がうるさいって言ってんのよ‼」
『…』

「いくら私が老け顔でも耳はちゃんと聞こえてんのよ‼」
『は？　老け顔？　なんの話だ？』
…しまった。
瑞貴に八つ当たりして自爆しちゃった…。
しかも、目の前では響さんが笑いを押し殺しているし…。
最悪。
『おい、綾？』
「なんでもないわよ。…でなんか用事？」
『あぁ、お前眠いなら空き教室で寝ればいいだろーが』
「凛から聞いたでしょ？　疲れてるからゆっくり眠りたいのよ」
『空き教室でもお前なら爆睡できるだろ？』
「あんた、ケンカ売るために電話掛けてきたの？」
『…』
…もしかして、図星⁉
「用事がないなら切るわよ？」
『…今日』
「…？」
『溜まり場来るんだろ？』
「うん。多分ね」
『分かった。じゃあな』
瑞貴はそう言うとさっさと電話を切った。
…。
一体なんの電話だったんだろう？
私は切れたケイタイを呆然と眺めた。
響さんはまだ笑いを堪えている。
「彼氏か？」
「…違います‼」
「そうか」

「はい‼」
「別にそんなに力強く否定しなくても…」
とうとう響さんは声を出して笑い出した。
また始まった。
響さんが一度笑い出したらしばらくは収まらないことは今日学んだし…。
私は響さんの笑いが収まるまでタバコでも吸って待ってようと再び箱に手を伸ばした。
タバコに火を点けようとした時、響さんが口を開いた。
「綾」
響さんの声に私の身体は固まった。
…。
…今、私のことを「綾」って呼んだ？
…偶然？
私は視線をタバコから響さんに向けた。
響さんはもう笑っていなかった。
優しく穏やかな表情。
まっすぐに私を見つめる漆黒の瞳。
その瞳には余裕すら感じる。
「名前、"綾"っていうのか？」
「…どうして知ってるんですか？」
私の問い掛けに響さんはニッコリと笑みを浮かべ指差した。
「…？」
響さんが指を差した先にあるのは、私のケイタイ。
「聞こえた」
…瑞貴…。
……だから、声がでかいって言ったのよ…。
もう響さんは知っているんだから隠しても仕方がない。
「…"綾"は私の本名です」

「そうか」
「はい」
「店での名前は誰が付けたんだ？」
「…？　雪乃ママですけど…」
「そうだよな」
響さんは納得したように頷いた。
…？
なんだろう？
響さんはなにが言いたいんだろう？
「綾」
心地よく耳に届く響さんの低く落ち着いた声。
その声で名前を呼ばれると胸が苦しくなる。
…この苦しさはなんだろう？
「…はい？」
「嘘だろ？」
「えっ!?」
「面接の時に雪乃に嘘を吐いたっていうのも、雪乃がお前の本当の歳を知らないっていうのも嘘だよな？」
「…」
どうして!?
私は背中に冷たい汗が流れるのが分かった。
自分でも顔が引き攣っているのが分かる。
そんな私とは対照的に響さんは表情ひとつ変えない。
「雪乃は10年近く夜の世界にいるんだ。人の嘘なんて簡単に見抜く。もし、お前が本当に雪乃に嘘を吐いているならあの店で雇ったりしないだろうし、"綾乃"なんて名前を付けたりしないだろうな」
「…」
響さんの言う通りだった。

雪乃ママと響さんの付き合いは長いって話を聞いたことがある。
そんな響さんは私なんかより雪乃ママのことを知っているはず…。
この人には私の嘘なんて通じない。
私がどんなに頭を使って嘘をついたとしても、全て見抜いてしまうはず……。
その漆黒の瞳で…。
私は大きな溜息を吐いた。
それと同時に決心した。
響さんは私の嘘に気付いている。
それが雪乃ママやお店に迷惑を掛けないために私が唯一できること。
私が嘘を吐いて響さんを騙そうとしていることには変わりない。
それなのに怒ったりすることもなく優しく穏やかな表情でいるのは私の口から直接話を聞きたいから…。
…話そう…。
私は口を開いた。
「…すみませんでした」
「うん？」
「私は響さんに嘘を吐いていました」
「そうか」
「はい」
なんでこの人はこんなに穏やかな表情でいられるんだろう？
普通こんなこと言われたらキレるんじゃないの!?
もし、私だったら間違いなく暴れちゃう。
しかも、響さんは組長なのに…。
「理由があるんだろ？」
「…」
「歳や名前を偽ることは、夜の世界ではよくあることだ。誰で

もいろんな事情を抱えているんだ。別に俺はそんなことは気にしていない。だが、お前が吐いた嘘は、吐かなくてもいい嘘じゃないのか？」
「…私は…」
「なんだ？」
「私は雪乃ママやあのお店が好きなんです」
「…」
「私が歳を誤魔化して働いていたんだから自分が困るのは仕方がない。でも、雪乃ママやお店に迷惑が掛かるのはイヤなんです」
「…なるほどな」
「…」
響さんはタバコを一本取り出すとそのタバコを見つめた。
見つめながら何かを考えているようだった。
流れる沈黙。
時が流れるのも忘れそうな静けさ。
だけど、その空気はイヤなものではない。
むしろ、心地良ささえ感じる。
いつもだったら誰かといて沈黙になったら気まずくなってしまう。
無理をしてでも会話をしようとしてしまう。
それが面倒くさいっていうのも私が特定の人としか話さない理由の一つ。
でも、響さんとだったらその気まずさを感じない。
それどころか、心地良く感じるなんて…。
「綾」
手元のタバコを見つめていた響さんが視線を動かすことなく私の名前を呼んだ。
「…はい」

「お前が心配してんのは歳がバレることだけか？」
「はい」
「他にはないんだな？」
「…？」
「例えば、夜、働いているのが親にバレたくないとか」
…あぁ、そういうことか…。
「ウチは完全な放任主義ですから…」
「放任主義？」
「はい、親にとって私は存在していないようなものですから」
…親の話はあまりしたくない…。
家を出てから母親とは一度も連絡をとっていない。
お互いの連絡先は知っている。
それでも、一度も連絡はない。
私も母親と話すことなんかないし、母親も私がいなくなってせいせいしているんだろう…。
家を出る時、生活費を出してくれる男を探せって言うくらいの親なんだから、私が歳を誤魔化して夜働いているって分かっても何も言うはずがない…。
「分かった。お前が心配なのは歳のことだけだな」
「そうです」
「雪乃も知っているんだ。別に不安になる必要なんてねぇーよ」
「はい」
「もし、なんかあったら…」
「…？」
響さんが私の前に置いたのは…。
名刺だった。
…!?
この名刺って…。

縦書きの名刺。
その中央には筆で書いたような達筆の文字で"神宮 響"と書いてある。
名刺の右端には見たことがあるような気がするマークとまじまじと見るのが恐いような漢字の羅列。
名前のすぐ右隣には雪乃ママから聞いた響さんの肩書き。
「裏に俺の連絡先が書いてある」
名刺の裏には確かに連絡先が書いてある。
いくつもの電話番号。
事務所、自宅、ケイタイ…。
ご丁寧に住所まで書いてある。
「なんか困ったことがあったらいつでも連絡して来い」
「はい、ありがとうございます」
響さんに頼らないといけないようなことなんてそうそう起きないと思う。
その時、名刺入れを持っていなかった私はその名刺をお財布のカード入れに入れた。
響さんが目の前のコーヒーを口に運んだ。
コーヒーカップを持つ左手の薬指。
そこで光を放つゴールドの指輪。
シンプルでなんの飾りも付いていないリング。
でも、そのリングはどんな豪華な指輪よりも存在感があった。
同じ形の指輪でもつけている指が違ったらこんなに存在感なんて感じなかったかもしれない。
仕事柄、男の人の手を見る機会が多い。
左手の薬指に指輪をつけている男の人は愛する大切な守るべき人がいる証拠。
私は響さんの手から視線を逸らした。
理由は別にない。

ただ見たくないと思った。
その理由を尋ねられたら答えることはできないけど…。
その指輪のついている響さんの手を見たくなかった。
コーヒーカップを置いた響さんが口を開いた。
「今日は店に出ないんだろ？」
「はい」
昨日も出勤したし、今日の夜は久々に溜まり場に顔をだしてみよう。
瑞貴がチームを作ってから一回も顔出してないし…。
「次、出勤する時はその日の夕方に連絡をくれ」
「えっ？」
「食事はその日の出勤前にしよう」
「…あの、それって…同伴してくれるんですか？」
「嫌か？」
「…いいえ、ありがとうございます」
「あぁ。今日は帰って寝ろ」
「…？」
「寝不足なんだろ？」
響さんが優しく微笑んだ。
「…はい」
「送っていく」
そう言って立ち上がった響さん。
私は、テーブルの上に置いていたタバコやケイタイをカバンの中に入れて立ち上がった。
立ち上がった私を確認して響さんは歩き始めた。
その歩調は、私が急がなくてもいいようなゆっくりとした歩調だった。
入り口近くの席には響さんの車を運転していた男の人が座っている。

響さんの姿を見つけたその人は、素早く立ち上がった。
私達が近付くとその人は視線を自分の足元に落とした。
その視線は、私達が男の人の前を通り過ぎるまで上げられることはなかった。
エレベーターの前で足を止めた響さん。
すかさず後ろからついて来ていた男の人がボタンを押した。
ラウンジを出てから車に乗るまで、響さんが自分で何かをすることは一度もなかった。
エレベーターのボタンを押すことも、車のドアを開けることも…。
ボタンを押すのも、エレベーターの扉を支えるのも、ドアを開けるのも全て一緒にいる男の人がやってくれた。
それを見て私は思った。
…この人とは生きている世界が違う。
そう思うとほんの少しだけ寂しくなった。
一緒にいても、会話をしていてもどこかに高く大きな壁を感じてしまう。
走る車の窓から外の景色を眺（なが）めながらそんなことを考えていた。
響さんは私の隣で来た時と同じように腕を組んで瞳を閉じていた。
考え事をしているのか寝ているのかは分からない。
だけど、私は気を使って話のネタを探さなくてもいい。
響さんといる時の沈黙は苦にならない。
響さんがどう思っているのかは分からないけど…。
車に乗ってすぐに告げた私の住むマンション。
車はそこに向かって走っている。
見慣れた景色が視界に飛び込んでくる。
マンションの前で車は静かに停まった。
静かに停車したにもかかわらず、車が停まると同時に閉じてい

た瞳を開けた響さん。
一瞬、車窓から見える私が住むマンションに響さんが視線を向けた。
その視線がゆっくりと私の顔に移される。
…どうしよう。
わざわざ送ってくれたんだから、「お茶でもどうぞ」って言うべき!?
…でも、さっきコーヒーを飲んだばかりだし…。
…。
…っていうか、ウチの冷蔵庫に飲み物ってミネラルウォーターしか入っていなかったような気がする…。
…困った…。
「どうした？」
響さんがパニック状態の私を不思議そうに眺めている。
「…えっと…」
「うん？」
優しい表情で私の顔を見つめる響さん。
…仕方がない!!
いざとなったら、響さんに部屋で待っていてもらってコンビニまでダッシュしよう!!
私はそう覚悟を決め、口を開いた。
「…あの…お茶でも…」
私の言葉に響さんはニッコリと微笑んだ。
「綾」
「…はい？」
「気をつかうな」
「えっ!?」
「お前はまだガキなんだから」
響さんが私の頭に手を伸ばした。

頭の上に感じる温もり。
「お前はまだガキなんだから」
いつもならそんなことを他人に言われたらムカつくのに…。
ムカついて文句を言ったり手が出たりするのに…。
なんでだろう…。
響さんに言われても、全然嫌な気分なんかしない。
むしろ、こんな風に優しく頭を撫でてもらえるなら、"ガキ"のままでいいかもしれない…。
そんなことを考えてしまう私は相当疲れていたのかもしれない。

Episode 6 Red Butterfly

響さんの車を降りた私はその車が見えなくなるまで見送った。

「連絡しろよ」
響さんに言われて頷(うなず)いた私はドアを開けようとした。
その時、びっくりするくらいの素早い動きを見せたのは響さんの車の運転手さんだった…。
運転席を降りた運転手さんが勢い良く私の横のドアを開けた。
あまりにも素早過ぎて、ドアに手を掛けていた私は危うく車から落ちそうになってしまった…。
危機一髪の所で響さんが腕を掴(つか)んで助けてくれたけど…。
凛に体当たりされてコケそうになるし…。
車からは落ちそうになるし…。
今日は怪我に気を付けた方がいいのかもしれない…。
「…ありがとうございます」
「大丈夫か?」
響さんは、私に声を掛けながらドアを開けて待っている運転手さんに視線を向けた。
「すみません!!」
別に響さんは、その人を睨(にら)んだ訳でも何かを言った訳でもない。
ただ視線を向けただけ…。
それなのに…。
運転手さんは深々と頭を下げた。

頭を下げたままの運転手さんから緊張感が伝わってくる…。
「だ…大丈夫です。私の不注意ですから…」
私は慌(あわ)てて口を開いた。
「そうか」
「はい。今日はありがとうございました」
「あぁ」
「失礼します」
私は響さんに頭を下げて車を降りた。
運転手さんの視線は地面に向けられたままだった。
「…あの…」
私の呼び掛けに、運転手さんはやっと視線を上げた。
「はい？」
「ありがとうございました」
この時、初めて運転手さんの笑顔を私は見た。
響さんの車を見送った私は、自分の部屋に入ると着ていた制服を脱いでベッドに潜り込んだ。
…とりあえず、眠ろう…。
睡眠不足だった私はすぐに強烈な眠気に襲われた。
意識がなくなる寸前に頭を過(よ)ぎった。
…響さんの番号をアドレスに入れなきゃ…。

◆◆◆◆◆

…どこかでなんか鳴っている…。

その音はどんどん大きくなっていく。
…うるさい…。
私は、身体に掛かっている布団を引きずり上げて、頭の上までスッポリと被(かぶ)った。

それでも、耳に届く不快な音。
…ケイタイの電源を切っておけば良かった…。
大きな後悔を感じていると鳴り止んだ音。
…良かった‼　…もう一眠りしよう…。
そう思った瞬間、再び鳴り出す音。
…もう…勘弁してよ…。
この着信音は、間違いなく凛だ。
凛のことだから、私が取らないと永遠に鳴らし続けるに違いない。
そう悟った私は、ベッドから腕だけを伸ばして音の発信元を探した。
伸ばしすぎて腕が攣りそうになりながらも、指先に触れたカバン。
…あと、少し…。
そう思った私は、ベッドから落ちそうになりながらも腕を伸ばした。
その瞬間、私の身体は見事にベッドから転げ落ちてしまった…。
…痛い…。
辺りにけたたましい音が響き、私の身体に当たったカバンは倒れ中身が無残にも飛び出している。
暗い部屋でケイタイのイルミネーションだけが光を放っている。
…こんなことになるなら、最初から素直にケイタイを取れば良かった…。
そう後悔しながらも掴み取ったケイタイ。
液晶画面には予想通りの名前。
「…はい」
『おはよー‼　綾、まだ寝てたの⁉』
…何度聞いても寝起きに凛のテンションはキツイ…。
「…うん。今、何時？」

カーテンの隙間から見える窓の外が暗いのは、分かる。
だけど、お昼過ぎに寝た私は確実に時間の感覚がなくなっていた。
『今？　えっと…もうすぐ22時だよ‼』
…22時…。
寝すぎたかも…。
そう思いながら辺りに散らばったカバンの中身からタバコの箱を手探りで見つけた。
タバコの箱とその隣に落ちていたライターを手に取った私はベッドの上に座り直し、サイドテーブルの上のライトのスイッチを入れた。
温かい灯りが部屋の中を照らし出す。
『今日来る？』
「うん」
『何時くらい？』
「今から準備するから一時間後くらいかな」
『分かった‼　溜まり場の近くまで来たら連絡ちょうだい‼』
「うん。じゃあ、後でね」
『はい、はーい‼』
いつにも増してテンションの高い凛の声に苦笑しながら私はケイタイを閉じた。
…とりあえず、タバコ吸おう…。
私は、タバコに火を点(つ)けた。
一服を終えた私は、シャワーを浴びて、メイクをして着替えを済ませた。
「…財布とケイタイとタバコ…」
必要最低限のモノだけをバッグに放り込み私は家を後にした。
毎日通っている繁華街。
でも、通勤以外でこの道を通るのはかなり久しぶりのような気

がする。
見慣れた繁華街。
行き交うたくさんの人。
聞こえてくる賑(にぎ)やかな声。
人工的な灯りが照らす道を私は足早に歩いた。
凛達がいる溜まり場が近くになった時、再びバッグの中のケイタイが鳴った。
「…はい」
『今、どこだ?』
数時間ぶりに聞く瑞貴の声。
…もしかして、何か買って来いとか言うんじゃないでしょうね?
「もうすぐ、着くけど?」
『分かった』
瑞貴はそれだけ言うと一方的に電話を切った。
今のは何の電話なの?
…っていうか、なんか用事だったんじゃないの?
思わず私は足を止め、自分のケイタイを見つめてしまった。
…やっぱり瑞貴って変…。
考えるのは止めよう。
あんまり悩むと瑞貴ワールドに嵌(はま)りそうだし…。
そんなことになったら私まで変になってしまう。
身の危険を感じた私は手に握っているケイタイをバッグの中に入れて再び溜まり場に向かって歩き出した。
しばらく歩いた所で、私は前から見慣れた人影が近付いて来ていることに気付いた。
「どこに行くの?」
「タバコ」
「買いに行くの?」

「いや、もう買った」
「さっき電話で言ってくれたら買って来たのに」
「あ？」
目の前に立っている瑞貴が怪訝な顔で私を見つめた。
「なに？」
「俺が頼んでも絶対に買ってこねぇーだろ？」
…。
……まぁ、そうかもしれない。
何も言い返すことのできない私を瑞貴は鼻で笑った。
「行くぞ」
私に背を向けた瑞貴が来た道を引き返していく。
その後ろを歩く私。
…瑞貴はどこでタバコを買ったんだろう？
溜まり場からここに来るまでに自販機やコンビニは見当たらないけど…。
「今日の昼に電話した時、誰かと一緒だったのか？」
前を向いたままで瑞貴が聞いてきた。
「えっ？　…あぁ、神宮さんっていう人」
「…神宮…ってもしかしてあの神宮か!?」
「うん、瑞貴知ってるの？」
足を止め振り返った瑞貴が呆れたように溜息を吐いた。
「この辺りにいる奴で、あの人を知らない方が珍しいと思うけど？」
「…そうなの？」
「…もしかして…」
「…？」
「お前、知らなかったのか？」
「…」
「…」

127

「…お店で知り合わなかったら、今でも知らないと思うけど？」
雪乃ママにこの辺を仕切っている組の組長さんって教えてもらわなかったら、響さんの情報なんて全く知らなかったに違いない…。
他人に興味が湧かない私なら間違いなく…。
「お前、ある意味すげぇーな」
言葉とは対照的に呆れ果てた様子の瑞貴。
…これは、多分バカにされているんだろうな…。
バカにされているんだからここはキレるべきなんだろうか？
「神宮さんはお前の客なのか？」
「えっ？」
「学校サボって会うくらいなんだから大事な客なんだろ？」
「別に神宮さんに会うためにサボった訳じゃないし」
「あ？」
「偶然なのよ」
「偶然？」
「そう、家に帰る途中で偶然あったの。だから、私が高校生ってのもバレちゃったし…」
「おい」
私の言葉に瑞貴の顔が引き攣った。
「なによ？」
「それってヤバイんじゃねぇーのか？」
…ヤバイ…。
まぁ、ヤバイって言えばヤバイけど…。
バレた相手が響さんだし…。
あの人は大丈夫な気がする。
雪乃ママとの古くからの知り合いだし…。
「…神宮さんは大丈夫だと思う」
「そうか」

安心したような表情の瑞貴。
…？
変なの…。
瑞貴は私がこのバイトをすることを良くは思っていないはずなのに…。
それなのに、なんでこんなに安心したような顔をするんだろう？
「なんだよ？」
ボンヤリと瑞貴の顔を見つめていた私に気付いた瑞貴が怪訝そうに呟いた。
「ねぇ、私が夜バイトするのイヤって言ってなかった？」
「あぁ、今でもイヤだけど？」
「じゃあ、なんでそんなに安心した顔してんの？」
「は？　俺がイヤなのはお前が飲み屋でバイトをすることだ」
「…？」
「歳を誤魔化して働いていることがバレれば、すぐに学校にも連絡が行くんじゃねーのか？」
「…うん」
「そうなったら間違いなくお前は退学になる」
「…」
「俺はその心配をしているだけだ」
「…そう」
「それがどうかしたか？」
「…別に」
「大丈夫なんだろ？」
「…？」
「あの人は人に話したりしねぇーんだろ？」
「うん、多分ね」
「…お前…」

「なに？」
「あの人のお気に入りなんだな」
…お気に入り…。
…。
お気に入り⁉
「そんなんじゃないわよ。ただの気まぐれよ。それに…」
「それに？」
「神宮さんには、奥さんがいるし…」
「…奥さん⁉」
「うん、結婚してるでしょ？」
「…まぁ、結婚してるって言えばしてるけど…」
「…？」
なんで、瑞貴がこんなに動揺してんの⁉
「なぁ、綾。それって神宮さんから直接聞いたのか？」
「…直接じゃない」
「じゃあ、なんで分かるんだ？」
瑞貴が私の顔を覗き込んだ。
「指輪」
「指輪⁉」
「神宮さんの左手の薬指にいつも指輪がついているから…」
「…なるほどな」
瑞貴が納得したように頷いた。
私の頭に伸びてくる瑞貴の手。
その手がゆっくりと私の頭を撫でた。
「直接聞いてみろよ」
「…？」
「直接聞かねぇーと分からないこともあるだろ？」
そう言った瑞貴の瞳が悲しそうに揺れていた。
「…うん」

私が頷くと瑞貴は私の頭を軽く叩いた。
「瑞貴?」
「行くか。凛達が待ってんぞ」
「うん」
瑞貴は私に背を向けるとゆっくりと歩き出した。
その背中を見つめながら歩く私。
この時、私は気付いていなかった。
自分の本当の想いにも…。
瑞貴が響さんの情報を知っていることにも…。
そんな瑞貴に対して私がどれだけ残酷な態度を取っていたのかも…。

◆◆◆◆◆

何度も訪れたことのある溜まり場。
どこよりも居心地の良かった場所。
家に帰ることができなかった私の唯一の居場所。
…だったはずなのに…。
落ち着かないのは、なぜだろう?
瑞貴の背中を追って潜った溜まり場のドア。
見慣れているその空間がいつもとは違うように感じた。
元々はBARとして営業していた店舗。
営業がうまくいかなくなった経営者がある日突然、姿を消した。
この店舗の所有者が瑞貴の知り合いだったらしく、ここを溜まり場として使うことを許可してくれたらしい。
ここはまだその名残を残している。
カウンターの奥の棚に並ぶ色々な種類のお酒のボトル。
綺麗に磨かれたグラス。
いままでたくさんの人の話を聞いてきたはずのカウンターや少

し背の高い椅子。
ゆったりと座れる藤（とう）でできた椅子とテーブルのボックス席。
ここを訪れる人が、お酒を楽しむ大人から居場所を求める子供に変わっても動き続ける大きな時計。
その全てが前とは何も変わっていないのに。
この違和感は…。
「綾？」
溜まり場の入り口に立ち尽くしている私に瑞貴が気付き振り返った。
私が前にここに来ていた時とは比べ物にならないくらいたくさんの男の子がいた。
瑞貴を見ていても全身に感じる視線。
「どうした？」
「…別に」
「こっちだ」
再び奥に向かって歩き出した瑞貴。
この空間で瑞貴がいつもいるのは、一番奥のボックス席。
どうやら、それは変わっていないらしい…。
私の予想通り、瑞貴が向かったのは一番奥のボックス席。
これだけたくさんの人がいるのに…。
そのボックス席だけは誰も座っていなかった。
「座れよ」
「うん」
先に腰を下ろした瑞貴に促されて、私は瑞貴の向かいの椅子に腰を下ろそうとした。
…ちょっと待って…。
私、ここに座ってもいいの!?
…また、瑞貴が"俺様"に変身しない？
もし、今ここで変身されても面倒くさいし…。

「ねぇ、瑞貴」
「あ？」
「私、どこに座ればいいの？」
「どこに座りたい？」
…はぁ？
私が聞いてるんだけど!!
「ここ」
私は、瑞貴の向かいの席を指差した。
「…」
…なんで無言なのよ。
しかも、不機嫌な顔してるし…。
…ってことは、ここでも私の席は瑞貴の隣なのね。
ここで反抗しても疲れるだけだし…。
私は小さな溜息を吐いて、瑞貴の隣に腰を下ろした。
隣でタバコに火を点ける瑞貴。
その顔はなんだか嬉しそうだった。
「吸いてぇーのか？」
私の視線に気付いた瑞貴が火を点けたばかりのタバコを差し出してくる。
「ありがとう」
私はそのタバコを受け取り何の躊躇いもなく口に銜えた。
「綾!!」
私の名前を呼ぶ声が聞こえたのと、身体に衝撃を感じたのは同時だった。
「痛っ!!」
そう言ったのは私じゃなくて、隣にいる瑞貴だった。
「…凛…」
なんでこの子はいつも私に飛びついてくるんだろう？
もっと普通に登場してくれればいいのに…。

133

身体の小さな凛は、私を見つけて子犬のように飛びついてきた。
油断していた私は凛に飛びつかれた衝撃で勢い余って瑞貴の方に倒れ込んでしまった。
凛と私の下敷きになってしまった瑞貴が一番の被害者だ。
その証拠に瑞貴をクッション代わりにしている私の身体はどこも痛くない。
「綾‼　会いたかった‼」
もし凛に尻尾があったらパタパタと振っているに違いない。
なんか、本当に子犬みたい…。
そんな凛に思わず笑いが込み上げてくる。
「昼間に会ったじゃん」
「あれは学校でしょ？　学校以外で会うのは久しぶりだもん‼」
凛は、そういいながら私にしがみついてくる。
…凛って本当に可愛い…。
「そうだね。ごめんね、凛。今日はいっぱい遊ぼうね」
「うん‼」
私は凛の柔らかい髪の毛を撫でた。
「イチャついてるとこ、悪いんだけど…。いい加減降りてくれるか？」
苦しそうな瑞貴の声。
ヤバっ‼
凛の可愛さに夢中になり過ぎてすっかり瑞貴の存在を忘れていた…。
「ごめん、瑞貴。痛い？」
「綾、謝る前に凛を退けさせろ」
そ…そうだよね…。
「凛、ちょっと退いて」
「イヤ〜‼」

大げさに私にしがみついてくる凛。
…もしかして…。
凛、瑞貴を苛めてる!?
「凛、いい加減にしないと蹴り飛ばすぞ？」
「きゃー!!」
瑞貴の物騒な言葉にやっと凛は私から離れた。
とても楽しそうな表情で…。
「大丈夫？」
やっと私と凛から解放された瑞貴はぐったりと疲れた表情をしていた。
かなりの重症だ…。
私が瑞貴の顔を覗き込むと、瑞貴は私が手に持っているタバコを奪い取った。
そのタバコを銜えて、吸い込んだ煙をゆっくりと吐き出した。
「…なんか一気に疲れた…」
…そりゃあそうだろう…。
私達二人の下敷きになったんだから…。
そんな瑞貴を他所に、事の発端である凛は手にビニール袋を提げて満面の笑顔で立っている。
……全然反省してないな。
「ねぇ、綾」
「うん？」
「起きてからご飯食べた？」
…。
ご飯？
そう言えば…。
「…食べてない」
「やっぱりね」
「…？」

得意気な表情を浮かべた凛がビニール袋から中身を取り出した。
テーブルいっぱいに広げられたお菓子とジュース。
「綾が何も食べてないんじゃないかと思って準備しといたんだ」
さすがは凛。
私以上に私の行動を熟知している。
準備してくれたのがお菓子とジュースってとこが凛らしいけど。
「ありがとう、凛」
「どういたしまして」
ニッコリと微笑む凛。
私は目の前にあるポテチの袋に手を伸ばそうとした。
「綾」
瑞貴の声が私の手を止めた。
「なに？」
「飯、食ってねぇーのか？」
「うん」
『瑞貴!!』
私が頷くと同時にカウンターに座る男の子達が瑞貴を呼んだ。
「ご指名だよ、瑞貴!!」
凛と私が瑞貴に視線を向けると、瑞貴が舌打ちをして面倒くさそうに立ち上がった。
…どこまでもこの人は"俺様"らしい…。
ズカズカと座っている私の前を通り過ぎた瑞貴がカウンターの方へ向か…わず足を止め私を振り返った。
…なに⁉
思わず身構えた私に瑞貴は言った。
「後で飯を食いに行くからあんまり食いすぎんなよ」
テーブルの上を指差した瑞貴。
「瑞貴、私も一緒に連れて行ってね!!」

凛が大きな瞳を輝かせた。
「お前はさっき食ってただろ?」
瑞貴が呆れたように溜息を吐いた。
「大丈夫!! その頃にはお腹が空く予定だから!!」
自信満々で言い放った凛を瑞貴は鼻で笑った。
「…食いすぎると太るぞ」
小さな声で言い残し瑞貴はカウンターの方に向かった。
「ムカつく〜!!」
小さな声だったにもかかわらずしっかりと瑞貴の声をキャッチしたらしい凛が悔しそうに顔を歪めている。
二人のやり取りを見ていた私は我慢しきれなくなり吹き出した。
「綾、笑ってる場合じゃないし!!」
そう言いながら凛はテーブルの上からチョコレートを手に取り、勢い良く箱を開けた。
凛は、あっという間にむき出しになったチョコレートを口に放り込んだ。
「美味しい〜。綾も食べる?」
数秒前まで激怒していたはずなのに…。
幸せそうな表情で箱を差し出す凛。
まあ、いつものことだけど…。
私は、箱からチョコレートを掴んで口に運んだ。
口の中に優しい甘さが広がっていく。
「瑞貴がチームを作ってから初めてじゃない?」
「うん?」
「綾がここに来るの」
「そうだね」
「人が増えたでしょ?」
「うん。なんか…」
「なに?」

137

「…落ち着かない…」
凛が再び口に運ぼうとしていた手を止めた。
その顔は不思議そうな表情。
「落ち着かない？」
「…うん」
私の顔を見つめていた凛が何かに気付いたように頷いた。
「…？」
「綾、人見知りだから」
凛は楽しそうに笑った。
…なるほど…。
溜まり場にはたくさんの人がいる。
その中には見たことのある顔もあるけど…。
殆(ほとん)どが知らない人ばかり。
だから、落ち着かないんだ。
「今、チーム拡大中だから」
「拡大中？」
「うん。瑞貴の野望なの」
「野望？」
「どうせチームを作るならこの辺で一番大きなチームにしたいんだって」
「そっか」
「だから今どんどん大きくなっているの」
…野望ね…。
俺様も負けず嫌いだから。
「落ち着かないなら、少し外に出る？」
凛が私の顔を覗き込んだ。
それは、私が願ってもない提案だった。
ここに入ってからずっと感じていた視線。
探るような興味津々の視線。

瑞貴がチームを作って初めてここに来たんだから仕方がないんだろうけど…。
ここにいる女は凛と私だけ。
だから余計に目立つのかもしれない。
「手が空いたら瑞貴が紹介してくれるよ」
「…そうだね」
カウンターにいる瑞貴は真剣な表情で男の子とお話し中。
その話はまだ終わる様子はない。
「お散歩にでも行こうかな」
「お付き合いしますよ、姫」
凛がお茶目な表情で言った。
「ありがとう」
二人で席を立ち出入り口のドアの方に歩いていると…。
「綾‼」
聞こえてきた瑞貴の声。
大きな瑞貴の声で一瞬にして水を打ったように静まり返った空間。
声がした方を振り返ると男の子達と話していたはずの瑞貴が私を見ていた。
「どこに行くんだ？」
「お散歩」
「散歩？」
「うん」
何かを言おうとした瑞貴。
「大丈夫だって瑞貴‼　私も一緒だし」
それを凛が遮った。
瑞貴が私の顔から凛の顔に視線を移した。
「…それが心配なんだ」
瑞貴の言葉に周りにいた男の子達が遠慮気味に笑っている。

「はぁ⁉」
ヤバイ。
凛が豹変しそう…。
そう悟った私は慌てて凛の肩を押さえてドアを開け、凛を外に押し出した。
「じゃあね、瑞貴。しばらくしたら戻って来るから」
「綾」
「なに？」
「なんかあったらすぐに連絡しろよ？」
…？
「なんか」ってなに？
そう思ったけど、私には考えている時間がなかった。
凛が暴れ出す前にこの場を一刻も早く離れないと‼
「分かった‼」
私はそれだけ言い残すと慌ててドアを閉めた。
寒くも暑くもない心地良い空気が身体を包み込む。
タバコの煙とお酒の匂いが充満する空間を出ると外の空気が新鮮な感じがした。
「ねぇ、綾」
「うん？」
「バイトどう？」
私の顔を下から覗き込んだ凛。
さっきまで今にも暴れ出しそうだったのが嘘みたいに穏やかな表情。
凛の変わり身の早さには本当に感心する。
「バイト？　普通だけど」
「そう。楽しい？」
「まぁ、楽しいって言ったら楽しいけど…」
「お客さんで気になる人とかいないの？」

…気になる人…。
その時ふいに頭に浮かんで来たのは…。
響さんの顔だった。
ちょっと待ってよ!!
なんで響さんの顔が浮かんでくるのよ⁉
私は頭を左右に振って頭の中から響さんの顔を追い出した。
「あ…綾⁉　どうしたの?」
突然の私の行動に凛が焦った声を出した。
「なんでもない!!」
響さんの顔が頭に浮かんだ私も焦って口調が強くなってしまった。
「そ…そう?」
怯えた表情の凛が私から少し離れている。
「うん」
「そう…それならいいんだけど…」
凛が恐る恐る私の隣に並んだ。
「…っていうか綾、神宮さんに指名されたでしょ?」
「…⁉」
どうして?
凛がそんなことを知ってるの?
このタイミングで響さんの名前が出たことと、凛が知っている事実に驚いた私は声すら出せなかった。
言葉を発することもできずただ口をパクパクと動かす私は誰が見ても挙動不審者に違いない。
その証拠にすれ違う人達が不思議そうな表情で私を見ている。
だけど、今はそんなことに構っていられない!!
「…なんで…」
やっと出た私の言葉に凛は得意気な表情を浮かべ自慢気に言い放った。

「凛さんの情報網を甘くみちゃダメだよ‼」
…確かに…。
凛の情報網をナメちゃいけない。
私は思わず頷いてしまった。
…てか、違う‼
感心している場合じゃない。
「なんで、凛さんはそんなことを知ってるんですか？」
私は小さな凛の肩に腕をまわした。
「えっ⁉」
凛に向かってニッコリと微笑み掛ける私。
今度は凛が顔を引き攣らせる番だった。
「その情報はどこから仕入れたの？」
「えっと…どこからだっけ？」
「正直に言わないと…」
「わ…分かりました‼　言います‼」
「よろしい」
「…実は、先輩から…」
「先輩？　…先輩ってキャバのボーイさん？」
凛が大きく頷いた。
「なるほどね」
私の疑問が一気に解決した。
キャバの経営者も雪乃ママだし。
そこでボーイをしている"先輩"の耳に入った情報を凛が知っていても全く不思議なことではない。
そこで新たに浮かんできた疑問。
「凛も神宮さんのこと知ってるの？」
凛が大きな瞳を丸くした。
「この辺で神宮さんを知らない人はいないと思うけど？」
「…」

…凛まで…。
「…もしかして…」
「…？」
「綾、神宮さんのこと知らなかったの？」
「…うん」
「マジで!?　それってかなり貴重人物だよ」
……貴重人物…。
「凛、人のことを珍獣扱いしないでくれる？」
私の言葉に凛は声を上げて笑い出した。
「ご…ごめん!!　だって…"神宮 響"って言ったらかなりの有名人だよ」
「そうなの？」
「うん!!　この辺にいる私達くらいの歳の子から夜のお店で働くお姉さま達までたくさんのファンがいるんだから」
「そんなにモテるの？」
「もちろん!!　神宮さんには"神宮 蓮"っていう息子がいるんだけどこの子が父親にそっくりでかっこいいの。まだ小学生だから将来が楽しみ!!」
…子持ちなんだ…。
結婚しているんだから子供がいてもおかしくはないか。
…ん？
ちょっと待って？
「神宮さんっていくつ？」
「えっ？　…確か29歳だったと思うけど」
「息子は？」
「小学５年生だから11歳くらいかな」
…ってことは響さんが18歳の時の子供!?
それってかなり早い結婚じゃない？
「…結婚していて小学生の子供がいるのに、みんなあの外見が

143

好きなんだ…」
私の口から零れ落ちた言葉。
それは、独り言のようなモノだった。
…だけど…。
凛にはしっかりと聞こえていたようで。
「…綾、知らないの?」
私の顔を勢い良く見た凛。
「なにを?」
「神宮さんの奥さんは…」
そう言い掛けた凛の小さな身体が何かにぶつかった。
「…痛っ‼」
凛の眉間に皺が寄った。
その皺は、痛みで寄った皺じゃなくて…。
明らかに…。
凛にぶつかったのは、私達とあまり歳の変わらないくらいの男だった。
「ちゃんと前を向いて歩けよ」
そう言った男の両隣には友達らしい男達。
…3人か…。
だったら私の出る幕はなさそう。
そう思った私はバッグからタバコを取り出し火を点けた。
背の低い凛の顔を覗き込んだ男の態度が一変した。
「可愛いじゃん。ぶつかったお詫びに今から一緒に遊んでよ」
…バカな男…。
私は吸い込んだ煙をゆっくりと吐き出した。
「友達も美人じゃん。一緒に行こうぜ」
急にテンションが上がった男3人。
盛り上がり過ぎて凛の変化に気付かないらしい。
何も言わない凛の肩に1人が手を置いた。

「…んじゃねぇーよ」
凛の低い声に３人は一瞬にして言葉を失った。
小さくて小動物みたいに可愛らしい女の子の凛。
だけど、それは外見の話。
いつもはニコニコしているから知らない人はその豹変ぶりに驚きを隠せない。
私も初めて凛がキレたところを見て、驚きのあまり言葉さえ出てこなかった…。
「気安く触ってんじゃねぇーよ」
いつもより低い凛の声。
女らしからぬ言葉と静かな口調。
そのミスマッチさに凛の肩に手を置いていた男が、慌てて凛から離れた。
…だけど…。
この時間帯に繁華街にいる男達。
それなりにイキがっている男が友達の前で女に凄（すご）まれて「すみませんでした」って謝るはずも、そのままこの場を離れるはずもない。
しかも、あっちは男３人でこっちは女２人…。
どんなに頭の悪い奴だって女２人に負けるはずがないって思うのが当たり前。
「女のくせに強がってんじゃねぇーぞ」
…「女のくせに」…。
私と凛が一番嫌いな言葉。
その言葉を聞いた瞬間、凛が動いた。
ケンカは力なんて関係ない。
凛のケンカを見ていていつも思う。
大事なのは、最初の一発をどこに入れるかだ。
凛と男達の身長差はかなりあるし、体格だって女と男じゃ全然

違う。
そんな凛が男相手にケンカして勝てる理由。
それは、凛が人の弱点を知っているから。
性別なんて関係なく、人にはそこを攻撃されると動けなくなる弱点が必ず数箇所ある。
相手に攻撃される前に、そこを攻撃すればいいだけの話。
格闘技のプロやケンカのプロには効かないかもしれないけど、繁華街でイキがっているくらいのこの子達には十分。
その証拠にあっという間に凛の目の前には３人の男が蹲っている。
楽勝じゃん。
…やっぱり、私の出番はなかったか…。
蹲っている男達に向かって凛は口を開いた。
「『女のくせに』って言ったくせにその"女"に負けてんじゃん」
そう言われても苦しそうに顔を顰めるだけで視線すら上げることもできない上に何も言い返せない男達。
そんな男達を凛は鼻で笑った。
「私、夜はいつもこの辺にいるから、悔しかったらいつでもおいでよ」
凛ったら、宣戦布告しちゃったし…。
「…だけど、そうじゃなかったら二度と私に顔を見せないで」
あら、かっこいい。
「行こう、綾!!」
満足そうな表情の凛。
だけど、次の瞬間、凛の表情が一変した。
「綾!!」
私を呼ぶ声が響いた。
声がした方を私より先に見た凛が慌てた様子で、私の背中に隠

れた。
しかも、蹲った男達も顔を引き攣らせている。
「…？」
声の主は、瑞貴。
その瑞貴が数人の男の子を引き連れて私達に近付いてきた。
「なんか、あったのか？」
いつもと変わらない表情の瑞貴。
だけど、視線は蹲っている男達に向けられている。
その瞳は鋭く威圧的だった。
「べ…別に何もないよ。この人達が蹲っていたからどうしたのか聞いていただけ」
凛が私の後ろから顔だけ出して言った。
「綾、そうなのか？」
…。
なんで私に聞くの？
瑞貴に尋ねられた私に集まる視線。
なんて言えばいいのよ？
凛に話を合わせるか…。
瑞貴に正直に話すか…。
私の背中をつっつく凛。
これは、「話を合わせて!!」の合図。
視界に入った男達もどうやら凛の誤魔化しに賛成みたい。
…確かに…。
もし、私が正直に話したら次にキレるのは瑞貴の番。
そうなれば、この男達は凛に殴られた挙句に瑞貴にまで…。
瑞貴がキレたらこの男達の病院行きは決定になってしまう。
しかも、このメンバーだったらキレた瑞貴を止めるのは私の役目になってしまう。
そうなったら面倒くさいし、疲れるのは目に見えている。

「うん、凛の言う通り」
私の顔を見つめる瑞貴。
…ヤバイ…。
この沈黙が辛い。
「ほ…ほら、あなた達もう大丈夫でしょ？」
凛が男達に言った。
その後に瑞貴達には聞こえないくらいの小さな声で凛が言った言葉を私は聞き逃さなかった。
「早くどっか行けよ」
…。
…凛…。
最高!!
私は俯いて笑いを堪えるのに必死だった。
凛の小声の脅しに怯えた男達が弾かれたように立ち上がった。
「ありがとうございました」
深々と私と凛に向かって頭を下げた男達。
どうやら、凛に話を合わせているようだ。
殴られた女に頭を下げてお礼まで言って…。
「お礼なんて言わなくてもいいよ!!」
ニッコリと笑みを浮かべた凛。
凛の演技力には心底感心する。
小走りにその場を離れる男達に私は少しだけ同情してしまった。
遠ざかって行く男達の後姿を見送っていると頬に感じた視線。
私はその視線を辿った。
…瑞貴…。
その顔はまだ疑ってるとか？
まっすぐに見つめる視線。
その瞳は明らかに疑いの眼差しだった。
これは早急に話題を変えたほうがいいのかもしれない…。

「…瑞貴達はこんなところで何をやってんの？」
私の問いかけに瑞貴は小さく舌打ちをした。
…なんで舌打ち⁉
そう思ったけど、今、瑞貴に噛み付くのは危険すぎる。
とりあえず、スルーしとこう。
事件の原因を作った凛は、瑞貴が引き連れてきた男の子達と楽しそうに談笑している。
どうやら、不機嫌丸出しの瑞貴の相手は私一人に任されているらしい…。
…この沈黙は本当に身体に悪い。
…多分、瑞貴は気付いている。
さっきここで起こったことに…。
それなのに私や凛が必死で誤魔化したことが気に入らないんだろう。
分かってる。
分かってるけど、今更、本当のことを話すのも面倒くさいし…。
…やっぱり、この沈黙に耐えて瑞貴の機嫌が良くなるのを待つのが一番いいみたいだ。
そう決心した私は、口を閉ざして時が過ぎるのを待つ覚悟を決めた。
私が、さっきの出来事について一切話さないことを悟ったのか、瑞貴が溜息で重苦しい沈黙を破った。
「…綾」
「な…なに？」
「腹、減ってんだろ？」
「…うん」
「飯、食いに行くぞ」
「うん」
私が頷くと瑞貴は男の子達に声を掛けた。

「行くぞ」
瑞貴の声に、楽しそうに響いていた笑い声が消えた。
瑞貴が歩き出し、その少し後ろを歩く私。
私達が歩き出すと、再び楽しそうな笑い声が後ろからついてくる。
…凛達は、楽しそうなのに…。
私は、自分だけが瑞貴の不機嫌な空気を感じていると思うと無性にムカついてきた。
…なんで、私が瑞貴の相手をしないといけないのよ⁉
そう思いながら見つめていた瑞貴の背中。
前にあった瑞貴の背中が、ゆっくりと私に近付いてきた。
突然、歩くスピードを緩めた瑞貴。
…？
前にいた瑞貴の身体が、私の隣に並んだ。
「なにが食いたい？」
私が歩くスピードに合わせてくれた瑞貴。
「…ハンバーグ…」
「分かった」
そう言った瑞貴の顔は優しかった。

Episode 7 Red Butterfly

翌日、お昼過ぎに目を覚ました私はかなり焦(あせ)っていた。
…寝過ごした!!
今日は土曜日でも、日曜日でも、祝日でもない。
だから当然、学校に行かないといけないのに…。
今は13時。
…なのに、私は学校の教室ではなくマンションの部屋の自分のベッドにいる。
…ヤバイ…。
調子に乗って、朝まで遊ぶんじゃなかった。
大きな後悔に襲われながらも、タバコを銜(くわ)えた私。
再びサイドテーブルの上にある時計に視線を移した。
…何度、見ても…
どんなに時計を凝視してみても…。
…13時。
時間が戻ることはない。
「…仕方ない。今日は休もう…」
瑞貴や凛だって、私と朝まで繁華街にいたんだから学校には行ってないはず。
私は、学校をサボることにした。
サボるんだから、もう一眠りしよう。
火の点(つ)いたタバコを灰皿に押し付け、私は布団に潜り込んだ。
「…幸せ」

布団に入って眠りに就く前の幸せな一時。
瞳を閉じた時、私はあることを思い出した。
「寝ている場合じゃない‼」
身体の上にある布団を跳ね飛ばし起き上がった私はケイタイを掴み取った。
雪乃ママに連絡しないと‼
着信履歴から雪乃ママの番号を呼び出した私は発信ボタンを押した。
『…もしもし？』
電話口から聞こえてきた上品な雪乃ママの声。
「おはようございます、雪乃ママ」
『おはよう、綾乃ちゃん。なにかあった？』
さすが、雪乃ママ。
鋭い。
「実は、ご相談したいことがあって…」
『あら、どうしたの？』
「実は…昨日、響さんに会ってしまって…」
『響さんに？　どこで？』
「…それが…学校の近くで…」
『そう。響さんお元気だった？』
…。
雪乃ママ…。
気にするところ…間違ってるし…。
「あの…元気は元気だったんですけど…バレてしまって…」
『バレた？　なにが？』
「響さんと会った時、学校の制服を着ていたんです」
『…制服？』
「…はい」
『…』

「…」
…やっぱり、マズいよね…。
電話の向こう側で雪乃ママが驚いている姿が想像できる。
だけど、次に聞いた雪乃ママの声は想像と違うものだった。
『大丈夫よ‼』
「…へっ⁉」
『バレたのは、響さんにでしょ？』
「…はい」
『それなら、全く心配いらないわ』
「そうなんですか？」
『ええ、響さんはそんなことを人に話すような人じゃないし、それに…』
「それに？」
『私が歳を誤魔化して夜のお仕事をしていたことも響さんは知っているもの』
「そうなんですか」
雪乃ママの言葉で気持ちが軽くなったような気がした。
響さんは大丈夫なんだ。
雪乃ママが歳を誤魔化して働いていたことも知っていたらしいし…。
…。
…ちょっと待って…。
あまりにも、雪乃ママが自然に言うからスルーしそうになったけど…。
「雪乃ママも歳を誤魔化していたんですか⁉」
『あら、話したことなかったかしら？』
「初耳です‼」
『そうだったかしら？』
どこまでも暢気な口調の雪乃ママ。

153

この人、仕事中とプライベートではまるで別人みたい…。
『綾乃ちゃん、今度二人で飲みに行きましょうか？』
「…えっ？」
『私、綾乃ちゃんとゆっくり話してみたいわ』
雪乃ママの提案を私は素直に嬉しいと思った。
「はい‼」
雪乃ママが受話器の向こうで嬉しそうに笑ったのが分かった。
『それより今、学校から？』
「いいえ。家です」
『今日はお休みなの？』
「…ちょっと寝過ごしちゃって…」
雪乃ママが楽しそうに声を上げて笑った。
『じゃあ、今日もお店に出る？』
茶目っ気たっぷりの雪乃ママ。
そんな雪乃ママに私まで笑顔になる。
「そうですね…あっ‼」
『どうしたの？』
「昨日、次、出勤する時に連絡するように響さんに言われたんです」
『それって…同伴してくれるってこと？』
「はい」
『すごいじゃない、綾乃ちゃん‼』
えっ？
すごいの⁉
「…はぁ…」
『せっかくの響さんからのお誘いなんだから美味しいものをお腹一杯食べさせてもらいなさい』
「はい」
『それから、同伴の時は22時までにお店に入ればいいから』

「分かりました」
『じゃあ、お店で待ってるわね』
「はい、お疲れ様です」
私はケイタイを閉じた。
…次は…。
響さんに連絡しないと…。
財布に入れていた名刺を取り出す。
響さんに貰った名刺。
裏に書いてあるケイタイの番号。
なんか緊張する。
まだ、お昼すぎだし…。
もう少し時間が経ってからでいいか。
連絡する前にシャワーでも浴びて頭をスッキリさせよう。
響さんの番号を登録して私はバスルームに向かった。
…なんでこんなに緊張するんだろう…。

テーブルの上にはケイタイと響さんに貰った名刺。
その前で気合いをいれて正座してからもうすぐ一時間。
無情にも時計の針が時間を刻んでいく。
もうすぐ15時…。
いい加減に連絡しなきゃ…。
恐る恐る掴んだケイタイ。
液晶には響さんのケイタイ番号が表示されている。
……だけど…。
発信ボタンが押せない。
元々電話で話すのは得意じゃない。
顔を合わせて話すのだって苦手なのに、電話だと尚更だ。
頭の中で何度もシミュレーションを繰り返し準備は完璧。
あとは、発信ボタンを押すだけ…。

どうしよう。
できれば掛けたくない…。
…でも…。
これもお仕事だから。
自分に言い聞かせて発信ボタンを押した。
ケイタイを耳に当てると聞こえてくる呼び出し音。
…留守電にならないかな…。
そんな、自己中的な願いが伝わるはずもなく…。
『…はい』
聞こえてきたのは優しくて穏やかな声。
その声のお陰でさっきまで感じていた緊張感が少しだけ和らいだ気がした。
「こんにちは、響さん」
『こんにちは、今日は出勤するのか？』
「はい」
『分かった。19時にマンションの前まで迎えに行く』
「お願いします」
『あぁ、また後でな』
「はい、失礼します」
ケイタイを閉じると同時に身体の力が抜けた。
…疲れた…。
ただ電話をしただけなのに、なんでこんなに疲れているんだろう？
…だけど、何はともあれ無事に約束はできた。
私は小さな達成感に包まれた。
この約束が私に転機をもたらすなんてこの時の私には全く予想できなかった。

◆◆◆◆◆

響さんとの約束の時間の10分前。
準備を整え階下に降りると、マンションの前には黒の高級車。
この前の車とは違うけど、あの車には響さんが乗っている…。
そう確信して車に近付くと窓がゆっくりと開いた。
「昨日はゆっくり寝たか？」
「はい、お陰様で」
「そうか、乗れ」
響さんが反対側の後部座席のドアを顎で指した。
響さんの言葉にすかさず運転手さんが後部座席のドアを開けてくれる。
この前とは違う運転手さん。
黒いスーツ姿と厳つい顔と雰囲気は同じだけど。
…一体何人の運転手さんがいるんだろう？
「ありがとうございます」
私が声を掛けると頭を下げて答えてくれる。
座席に座ると閉められるドア。
運転手さんが運転席に座るとゆっくりと走り出す車。
「今日はちゃんと学校に行ったのか？」
流れるように移り変わる景色を見ていると響さんに尋ねられた。
「…えっと…今日は…」
「…？」
「…ちょっと…寝過ごしてしまって…」
「行ってないのか？」
「…はい」
「一体、何時間寝てたんだ？」
呆れたような笑みを浮かべた響さん。
「…別にずっと寝ていた訳じゃ…」
そこまで言って私は慌てて口を手で塞いだ。

…しまった!!
余計なことを言ってしまった。
朝まで遊んでいて寝過ごしただなんて言える筈がない。
視線を合わせることもできず瞳を泳がせる私。
私の挙動不審な行動を怪訝そうに見つめていた響さん。
「ずっと寝ていた訳じゃないのか？」
「…ええ、まぁ…」
「そうか」
響さんはそれ以上、何も聞こうとはしなかった。
ポケットからタバコを取り出し火を点けた響さん。
少しだけ窓を開け、タバコの煙がゆっくりと吐き出される。
「綾」
響さんの低い声で名前を呼ばれると胸が苦しくなるのは何でだろう？
「綾乃」って呼ばれるのは全然平気なのに…。
「はい？」
「毎日、楽しいか？」
「…えっ？」
響さんの質問にすぐには答えが出なかった。
私は楽しいのだろうか？
凛や瑞貴と一緒にいる時は楽しいのかもしれない。
それに、親と一緒に住んでいる時に比べると自分の居場所もちゃんとあるし…。
…っていうか、"楽しい"ってなんだろう？
「…まぁ、それなりに…」
私はそう答えることしかできなかった。
「そうか」
「どうして、そんなことを聞くんですか？」
「お前くらいの歳が人生の中で一番楽しい時間だったなぁと思

ってな」
そう言う響さんの視線は宙に向けられていたが、その瞳には響さんの過去の想い出が映っているのが分かった。
「…そうですか」
私は窓の隙間から流れ出ていくタバコの煙をボンヤリと見つめていた。
私は、心から楽しいと思ったことがないかもしれない…。
そんなことを思いながら…。
車が停まったのは、落ち着いた雰囲気の和食料理のお店の看板の前。
運転手さんにドアを開けてもらい、車を降りた私は響さんに促されて目の前の門を潜った。
老舗の佇まいの門を潜って私は息を飲んだ。
そこに広がるのはテレビに出てくるような日本庭園。
枯山水に鹿威し、池には錦鯉、綺麗に手入れされた草木。
…ここは私が来る場所じゃない…。
そう思った私は、くるりと半回転した。
「どうした？」
私の目の前には不思議そうな表情の響さんが立っている。
「ここはちょっと…」
「うん？　和食は嫌いか？」
「…」
…響さん。
そういう問題じゃなくて…。
どう見ても私は場違いでしょ？
…確かに響さんにはピッタリなお店だけど。
むしろ、響さんはこの日本庭園がものすごく似合っていて絵になっているけど。
私がここにいると違和感がありすぎるでしょ!?

「…いえ…和食は嫌いじゃないんですけど…」
「…？」
「…こんなに、高級なお店じゃなくても…」
「どんな、店に行きたいんだ？」
「…えっと…ファミレスとか…」
「ファミレス？」
響さんが楽しそうに吹き出した。
あっ‼　響さんはファミレスとか行かない⁉
…また、爆笑してるし…。
響さんの爆笑癖にはすっかり慣れた私は、響さんの笑いが収まるのを待った。
…果たして、響さんはファミレスに行ったことがあるのだろうか？
ぜひ、後で聞いてみないと…。
一頻（ひとしき）り笑った響さん。
「分かった。ファミレスは今度連れて行くから今日はこの店で我慢してくれるか？」
「…でも、私は場違いなんじゃ…」
「場違い？　そんなことはない。俺はここぐらいの店じゃないと綾には似合わないと思ったからここを選んだんだ」
優しい表情の響さんの言葉を素直に嬉しいと思った。
「…ありがとうございます」
「入るか？」
「はい」
私が頷（うなず）くと背中に当てられた大きな手。
さりげなくエスコートしてくれる響さん。
この時、私は思い出した。
凛が言っていた響さんがすごくモテるという話。
その理由がなんとなく分かる気がする。

奥さんがいても響さんがモテる理由。
外見はもちろん、この優しさ。
響さんみたいな人から愛される奥さんは幸せ者なんだろうな…。
私は、顔も知らないその女性を少しだけ羨ましいと思った。

店内に入ると着物姿の女の人が嬉しそうに微笑んだ。
「いらっしゃいませ、神宮様。いつもご利用ありがとうございます」
…響さん、ここの常連さんなんだ。
初めて来た私にもこのお店が高級だってことが分かる。
そんなお店の常連さんだなんて、響さんは一体どれだけお金持ちなんだろう？
着物姿の女の人と言葉を交わす響さんの背中を眺めていると、私の存在に気付いたらしい女の人が頭を下げた。
「いらっしゃいませ」
私は小さく頭を下げた。
「お部屋にご案内します」
そう言って私と響さんの一歩前を歩き出した。
案内されたのは、これまたテレビで観るような和風の個室だった。
広い和室の中央には大きなテーブルと座椅子。
部屋の隅に飾られた豪華な生花が目を引く。
「どうぞ」
女の人に促されてすでに座っている響さんの向かいの席に腰を下ろした。
私が座ると目の前に出される淹れたてのお茶。
「ありがとうございます」
私の言葉に女の人がニッコリと微笑んだ。
「すぐにお料理をお運びしてもよろしいですか？」

「あぁ」
「分かりました」
部屋の中に響さんと私の二人だけになった。
私はキョロキョロと部屋の中を見渡した。
この部屋に在るモノ全てが高そうに思えるのは私だけかしら？
「こんな店に来るのは初めてか？」
私の行動が初心者丸出しだったらしく、響さんは笑いを堪えている。
「はい」
「同伴の時にはこんな店が定番だろ？」
「そうなんですか？」
「…もしかして、同伴も初めてなのか？」
響さんが瞳を丸くした。
「えぇ、初めてです」
「誘われたりしないのか？」
「私、バイトなんでお店では殆どがヘルプなんです。たまに、誘われても歳がバレると困るのでお店以外では会わないようにしているので…」
「なるほどな。だったら俺は運が良かったな」
「えっ？」
「昨日、制服姿の綾と会えたから、今日飯に付き合ってくれたんだろ？」
響さんがニッコリと微笑んだ。
「…はぁ」
確かにそう言われたらそうかもしれない。
…てか、響さんってこんなこと言うキャラだった⁉
大人だからこんなことをサラッと言えるの？
なんか、顔が熱い。
この部屋が暑いのかしら？

…なんか冷たい飲み物が欲しい…。
「失礼します」
絶妙なタイミングで運ばれてきたビール。
さっきの女の人とは違う仲居さん風の女の人。
グラスと瓶ビールとお通しの小鉢がテーブルの上に並べられる。
…飲みたい…。
その思いと私は必死に戦っていた。
仲居さん風の人が部屋を出て行くと、響さんがビールの瓶を私に差し出した。
「飲むだろ？」
響さんの優しい笑顔に思わず頷きそうになってしまう。
飲みたいけど、ここは頑張って断らないと!!
「…いえ…お酒は…」
なんとか頑張って言えた。
「飲まないのか？」
「…はい」
響さんはビールの瓶をテーブルに置いた。
ビールの誘惑に勝った私は自分を褒めたい気持ちでいっぱいになった。
今日は家に帰ったらビールを好きなだけ飲んじゃおう。
私は心の中で誓った。
「綾」
「はい」
「この食事はお前にとって仕事か？　それともプライベートか？」
…えっ!?
なんで、響さんはそんなことを聞くんだろう？
同伴は仕事の一環。
だけど、それは正直に答えると失礼になってしまう。

"同伴"はホステスにとっては仕事の一環でも、指名をしてくれるお客様にとってはその女の子とデートをしているような感覚だって前に雪乃ママに教えてもらったことがある。
…だから、ここは…。
「プライベートです」
この答えが正解のはず…。
「だよな」
響さんが満足そうに笑みを浮かべた。
…良かった…。
私は響さんの反応に胸を撫で下ろした。
だけど、それは束の間のことだった。
再びビールの瓶を手に持った響さん。
「プライベートなら飲めるよな？」
…しまった…。
その時、初めて響さんの罠にハマったことに気が付いた私。
気が付くのが遅かった。
もう、断ることはできない。
私は諦めて目の前のグラスを手に持った。
そのグラスになみなみと注がれたビール。
「我慢は良くないぞ」
「バレてました？」
「ビールが運ばれて来た時、一瞬だけ瞳が輝いていた」
……響さんには全てお見通しだったみたいだ。
「あっ!!　響さん、お注ぎします!!」
私は手に持ったグラスをテーブルに置こうとした。
「綾」
響さんの声に私は動きを止め、視線を向けた。
「俺と一緒にいる時にお前は俺に気をつかう必要はない」
「…でも…」

「今はプライベート中だろ？」
茶目っ気たっぷりに言う響さん。
この人は分かっている。
こう言えば私の返事が一つしかないことを…。
「はい」
「だったら、俺といる時は遠慮せずに好きなように過ごせばいい」
「好きなように？」
「好きなモノを好きなだけ食べて、飲みたいモノを好きなだけ飲めばいい」
「…」
「もし、ここで飲み過ぎたら店に行って俺の横に座って寝てればいい。雪乃にバレる前に起こしてやる」
いたずらっ子みたいな瞳の響さんに私は笑みを零した。
響さんがこんなことを言う人だなんて知らなかった。
「それに…」
「…？」
「酒には強いんだろ？」
「ど…どうして知っているんですか⁉」
驚いた私は手に持っていたグラスを危うく落としそうになった。
「早く飲まないと不味くなるぞ？」
「えっ？　…あっ‼　頂きます‼」
私はビールを喉に流し込んだ。
しかも、凛や瑞貴と飲む時の癖で一気にグラスを開けてしまった…。
美味しい〜‼
幸せ‼
喉が渇いた時のビールってなんでこんなに美味しいのかしら？
「気持ちのいい飲みっぷりだな」

165

その言葉で我に返った私は、一瞬で全身から血の気が引くくらいに自分の行動に驚き、そして後悔した。
…すっかり響さんの存在を忘れてた…。
固まる私を他所(よそ)に、空になったグラスに再びビールを注いでくれる響さん。
「…」
…素の私を見せたんだから今更、猫を被(かぶ)っても仕方がない。

それから、私は響さんに勧められたお酒を断ることがなくなった…。

今まで食べたこともないような美味しいお料理に、お酒が入った私は幸せな気分だった。
私よりも飲んでいる響さん。
だけど響さんは全く顔にも出ていないし、話し方も変わらなかった。
どちらかと言えば私はお酒に強い方。
そんな私よりも響さんの方が強いことが判明した。
絶やさない笑顔と途切れることのない楽しい会話。
そして、常に私へのさりげなく優しい気配り。
響さんと過ごす時間は私にとって心地良く安心できる楽しい時間だった。
その心地良い空間に鳴り響いた音。
その音は、着信を知らせる無機質な電子音だった。
音の発信元は、響さんのスーツの内ポケットだった。
ケイタイを取り出し液晶画面を見た響さんは「悪いな」と私に声を掛けた。
別に何とも思っていない私は「いいえ」と答えた。
響さんが通話ボタンを押し、ケイタイを耳に当てた。

微かに漏れてきた声が男の人だったので私はホッとした。
もし、電話の相手が女の人だったら…。
それが、響さんの奥さんだったら…。
今まで居心地の良かったこの場所が、変わってしまう。
楽しかった時間が終わってしまう。
お店に入らないといけない時間まであと、1時間ちょっと…。
もう少しだけこの時間を楽しんでいたい。
今日だけでいいから…。
私はそう思っていた。
「…あぁ…」
「…」
響さんは右手でケイタイを持ち、左手はテーブルの上の箱からタバコをとり出している。
電話をしている響さんを見ているのも悪いと思い、私もバッグの中からタバコを取り出し火を点けた。
「…分かった、通せ」
響さんの言葉に思わず私は視線を向けた。
「通せ」って言った？
それって、いつの話？
……まさか…。
今からここに誰か来たりとかする⁉
…いや…そんなことないわよね⁉
会話を終わらせた響さんがボタンを押してケイタイをテーブルの上に置いた。
「綾」
「はい」
「お前、"高藤"っていう男を知っているか？」
「…？　いいえ」
「店で会ったことはないか？」

お店で?
私は記憶を辿った。
だけど、そんな名前の人は出てこなかった。
「いいえ、ありません」
「そうか」
響さんは何かを考えているようだった。
…?
なんだろう?
「綾。ちょっとこっちに来い」
響さんが自分の隣の席を顎で指した。
「…?」
私は横に置いていたバッグを手に取り響さんの言う通りに席を移動した。
響さんの隣に腰を下ろした私の鼻を香水の香りが掠めた。
この香りなんだったっけ?
どこかで嗅いだことのある香り。
…っていうか、響さん香水つけていたんだ。
今まで気付かなかった。
「今から"高藤"という男がここに来る」
「えっ?」
響さんの声で私は現実に引き戻された。
「その男はお前が働いている店にもたまに行っているはずだ」
「…そうなんですか?」
「あぁ。そいつがここに来て話し掛けられることがあっても正直に答える必要はない」
「…?」
「適当に笑って聞き流せ」
…。
響さんはどうしてこんなことを言うんだろう?

私には全く分からなかった。
高藤って言う人がこの部屋に入ってくるまでは…。
わざわざ、こんな席に来るくらいだから、響さんの親しい知り合いだと思っていた。
高藤 要(たかとうかなめ)
この時、人に興味を持たない私はこの人のことを全く知らなかった。
響さんのことさえ知らなかったんだから無理もないけど…。
この人も響さん程ではないけど、裏の世界では有名な人らしい…。
そのことを私が知るのはもう少し先のことだった。
「失礼します」
部屋と廊下を仕切る襖(ふすま)の向こう側から聞こえてきた男の声。
まだ、若そうな声だけど、とても落ち着いた感じを受けた。
「入れ」
響さんが声を掛けた。
いつもと同じ低い声。
だけど、優しい口調ではなかった。
冷たさを感じる口調。
襖の方に向けていた視界の端に映った響さんの顔。
その瞳を見て私は驚いた。
いつも私に向けられる漆黒(しっこく)の瞳じゃない…。
鋭さと威圧感を含んだ瞳。
その瞳を見た私は自然と背筋が伸びた。
私はこの時気付いたのかもしれない。
この空間がこれから緊迫した雰囲気に包まれることを…。
響さんのこんな眼をみると、思い知らされる。
いつもは、優しくて、穏(おだ)やかで紳士的な響さん。
だけど、この人は本当に裏の世界の人。

それは紛れもない事実ってことに…。
私とは生きる世界が違う人なんだ。
静かに開いた襖。
そこにいたのは20代前半くらいのスーツ姿の男の人。
…この人も響さんと同じ世界の人だ。
この世界の人独特の雰囲気をこの人も持っている。
「ご無沙汰しています、組長」
部屋の入り口で高藤は響さんに向かって頭を下げた。
「あぁ、久しぶりだな。要」
「はい」
「座れ」
響さんに促されて高藤は部屋の入り口に近い席に腰を下ろした。
その時、再び襖が開きグラスとビールが運ばれてきた。
高藤の前に置かれたグラス。
そして、栓を開けたばかりのビールの瓶に響さんが手を伸ばした。
「お楽しみのところ、突然すみません。たまたまこの店に来たら組長の車を見たのでご挨拶をと思いまして…」
高藤が微かに笑いを浮かべた。
「わざわざ、悪かったな。飲んでいけ」
空のグラスに注がれるビール。
そんな二人のやり取りを見ていて私は違和感を覚えた。
言葉だけ聞いていれば知り合い同士の会話。
だけど、何かが違う…。
私がその理由に気が付くのに時間は掛からなかった。

それは二人の眼だった。
会話を交わしながら、笑みも浮かべているけど…。
二人とも眼が笑ってない…。

そう気付いた私は、響さんと高藤の関係をなんとなく理解できたような気がした。
もし、私が想像した関係だったらさっき響さんが私に言った言葉の意味もなんとなく分かる。
…ってことは響さんはこの人と私をあまり関わらせたくないんだろう。
そう思った私は響さんに言われた通りにすることにした。
響さんの隣で、高藤と視線を合わせることもなくひたすら存在を消そうとしていた。
それでも、二人の会話は耳に入ってくる。
「親父も組長とゆっくり話したいって言っていましたよ」
「そうか。今度、時間があれば食事に行こうと伝えてくれ」
「分かりました」
「要、親父さんの跡目を継ぐのも、もうすぐじゃないのか？」
「いえ、自分はまだまだ勉強中なので」
「そうか？ お前の噂は俺の耳にも届いているぞ？」
「それが、いい噂なら嬉しいんですが…」
高藤と会話をしながらも、響さんは私への気配りを忘れない。
グラスのビールが減ると注ぎ足してくれるし、たまに私に優しい視線を向けてくれる。
二人の会話には入れないけど、別に居心地は悪くはなかった。
初対面の人と話すことは苦手だし、この高藤という男に全く興味のない私は会話に参加したいとは全く思わなかった。
それに響さんにも言われているし…。
むしろ、話し掛けられないことを願ってしまう。
…だけど…。
そんなに甘くはなかった。
この高藤って人もいくら響さんとは仲が良くはないって言っても、響さんをたててわざわざ挨拶にやってくるくらいなんだか

ら、響さんと一緒にいる私を完全にシカトすることはできなかったのかもしれない。
二人の会話が偶然途切れた時に、私と響さんの視線が合った。
高藤と話している時は鋭く威圧的な眼の響さんも私の方を見る時には優しく穏やかな瞳だった。
そんな様子を見ていた高藤が口を開いた。
「綺麗な人ですね。組長の彼女ですか？」
…。
彼女…。
誰のことを言っているんだろう？
視線を上げると高藤は私を見ていた。
どうやら、この話は私の話みたいだ。
…？
しばらく状況が飲み込めなかった。
…彼女…。
…彼女？
…彼女!?
私が響さんの彼女!?
そんなことがある訳がない!!
私は、慌てて否定しようとした。
「適当に笑って流せ」
ついさっき響さんに言われた言葉。
…だったら、この言葉も笑って聞き流すべきなの？
確かに、「違います!!」って否定すると「じゃあ、どういう関係？」って思うのが普通だ。
そうなった時にわざわざ説明するのもなんだか面倒くさいし。
もし、私が否定しなくても響さんが上手に否定してくれるだろう。
そう思った私は、否定の言葉を発することなく、お店で習得し

た"微笑みの技"を使うことにした。
愛想笑いなんてできなかった私も、この仕事をすることでできるようになった技。
こんな所で役に立つなんて想像もしてなかったけど…。
「…」
「…？」
無言でニッコリと微笑み掛けると高藤は不思議そうな表情を浮かべた。
そのリアクションが微妙に癪に障るけど…。
ここは、我慢…我慢…。
私が何も言わないことを悟ったらしい高藤…。
彼は視線を私から響さんに移した。
…よし!!
計画通り。
私は心の中でガッツポーズをした。
あとは、響さんが上手くやってくれるはず。
私は期待を込めて響さんに視線を移した。
…。
響さん？
なんで何も言わないの？
…てか、その余裕の笑みは何？
私の心の声が聞こえないのか響さんは全く否定する様子がない。
そんな響さんの態度に驚いているのは私だけじゃなかった。
「…組長？」
さっきまで落ち着き払っていた高藤も心なしか焦りを隠せない様子。
「うん？」
高藤の態度とは正反対で落ち着いた様子の響さん。
「…彼女…なんですか？」

再び高藤が疑問をぶつけた。
さっきは、誰への質問か曖昧だったけど、今度の質問は明らかに響さんへの質問だった。
「そんな風に見えるか？」
高藤の質問に質問で返した響さん。
「ええ…まぁ…」
予想外の展開に高藤の焦りっぷりは増していく。
響さんの次の言葉は否定する言葉。
そう予想した私。
だけど、響さんが発したのは私の期待を裏切る言葉だった。
「だったら、そうだろうな」
…。
…はい？
響さん!?
今の答えはかなりの勢いで事実じゃないでしょ!?
高藤が小さく咳払いをした。
「そ…そうですか」
必死で平常心を保っているように見せようとしているのが分かる。
…でも…。
全く無意味な行動っぽいけど…。
そんなに、私と響さんって不釣合い!?
確かに、自分でもお似合いだとは思えないけど。
だけど、そんなに驚くこともないんじゃない？
…っていうか、響さん!!
なんで一人だけ涼しい顔してビールなんて飲んでるの!?
早く、否定しなきゃ!!
この人、本当に信じちゃったらどうするの!?
まさか、この人がそんな話を信じる訳なんてないと思うけど…。

…万が一信じてしまったら…。
…。
…っていうか、響さんには奥さんがいるんだけど…。
…ヤバイ…。
これって最悪の修羅場の幕開けじゃない!?
私は、一瞬にして昼ドラなみのドロドロとした修羅場を想像してしまった。
……怖っ!!
私の頭の中に浮かんできたのは、よくそっち系の映画に出てくる完璧な和服姿の極妻さん。
響さんの奥さんの顔を知らない私にはそんな安易な想像しかできなかった。
そんな想像力しかない私がイメージする修羅場のシナリオもありがちなモノ。
ベタな映画にありがちなストーリーでも実際に自分の身にこれから降りかかるかもしれないとなったら話は別。
自分の妄想にどっぷりとハマっていた私は響さんと高藤の会話が全く耳に入っていなかった。
「大切な時間を邪魔してすみませんでした」
「気にするな」
「それでは、今日はこれで失礼します」
「あぁ、またな」
高藤が立ち上がったことで私はやっと現実に引き戻された。
「失礼しました」
高藤が頭を下げ部屋を出て行った。
その背中を私は呆然と見送ることしかできなかった。
襖が静かに閉まると響さんが私に視線を向けた。
「綾、悪かったな」
だけど、私の耳には響さんの言葉が届いていなかった。

「…なんで…」
「うん？」
私の口から零れ落ちた小さな言葉に響さんが不思議そうな表情を浮かべた。
「なんで否定しなかったんですか⁉」
「否定？」
感情をコントロールできない私をよそに優しい瞳と穏やかな口調を崩さない響さん。
「…もし、奥さんの耳に入ったらどうするんですか？」
私が響さんと２人で食事をしていたことは紛れもない事実。
だから、それが響さんの奥さんにバレて私が責められるのは仕方がない。
だけど、そうなってしまった時に傷つくのは響さんでも私でもなく、奥さんなんだ。
「迷惑だったか？」
一瞬、響さんの言葉が理解できなかった。
「迷惑？」
「あぁ」
まっすぐに私を見つめる響さん。
その視線に胸が高鳴り息が詰まりそうになる。
私はその息苦しさを取り除くように深呼吸をして口を開いた。
「響さん、心配する相手を間違っています」
「…？」
「響さんが今心配しないといけないのは私じゃなくて奥様じゃないでしょうか？」
「…」
「私も無神経だったと思います」
「無神経？」
「響さんがご結婚されていることを知っているのにこうして２

人でお食事をしたことは無神経な行動だったと反省しています」
　私の言葉を黙って聞いている響さん。
　「さっき響さんが否定しなかったことで、もし奥様の耳に入ったりしたら奥様が嫌な思いをするんじゃないでしょうか？　生意気なことを言ってすみません」
　私は響さんに頭を下げた。
　私は、言いたいことを全て言ってスッキリすると同時に後悔に襲われた。
　ホステスという立場の私がお客様である響さんに説教じみたことをしていいはずがない。
　間違ったことは言っていないと自信を持って言えるけど…感情的に言うことではなかった。
　響さんが気分を害して怒っても仕方がないことを私はしてしまったんだ…。
　頭を下げている私の耳に響さんの優しい声が聞こえた。
　「綾、顔を上げろ」
　そう言われて顔を上げると私の視界に映ったいつもと変わらない響さんの表情に、私は胸を撫で下ろした。
　「お前は間違ったことは言っていない。だから謝る必要なんてない」
　その言葉に私の口から安堵の溜息が漏れた。
　響さんに私の想いが伝わって良かった…。
　「お前の考えは良く分かった。…だけどな…」
　響さんがタバコに火を点けた。
　「…？」
　私に見つめられた響さんがゆっくりと煙を吐き出した。
　「否定した方が良かったか？」
　…。

177

どうして、響さんはそっちにこだわるんだろう？
真剣な表情の響さん。
どうやら、私の答えを待っているらしい…。
そう悟った私は仕方なく口を開いた。
「そうですね。冗談で言っていいことではないと思います」
「冗談？」
響さんが怪訝(けげん)そうな表情を浮かべた。
…えっ!?
…もしかして、響さんは冗談で言ったんじゃないの!?
…ということは…。
ちょっと待って!!
「…響さん」
「ん？」
「さっきのは冗談じゃなかったんですか？」
「あぁ」
「それは一体どういう意味でしょうか？」
「俺は好きでもない女を食事に誘ったりしない」
…。
…今のって…。
響さんの言葉に自分の顔が熱くなるのが分かった。
私の思考回路は完全に停止した。
頭の中で何度も繰り返される言葉。
「綾？」
固まったまま身動き一つしない私の顔を心配そうに響さんが覗(のぞ)き込んだ。
思考も動きも完全にストップしているのに至近距離にある響さんの顔に私の心臓だけが激しい鼓動を打っていた。
とりあえず、この空気を変えなきゃ!!
なんとかそう考え付いた私は目の前にある響さんの顔からテー

ブルの上にあるグラスに視線を移した。
グラスに入っているビール。
私は、そのビールを飲み干したい衝動に駆られた。
…だけど、今はお酒で現実逃避している場合じゃない。
そう思った私が手を伸ばしたのは、この部屋に入ってすぐに和服の女の人が淹れてくれたお茶だった。
冷めてはいるけどパニックで喉が渇いている私にはちょうどいい温度だった。
そのお茶を飲み干した私は少しだけ冷静さを取り戻すことができた。
冷静に考えてみても、響さんの言葉の意味が理解できない。
だからって軽くスルーできる雰囲気でもない。
告白とも取れる響さんの言葉。
…告白…。
…告白？
…告白⁉
響さん、奥さんいるじゃん…。
…それなのに、私にそんなことを言うなんて、一体何を望んでいるんだろう？
考えれば考えるほど深まっていく疑問。
…もしかして…。
愛人⁉
「無理です‼」
私は首を大きく横に振った。
「綾？」
今日、何度目かに見る響さんの驚いた表情。
だけど今はそんなことに構ってられない‼
「愛人になんてなれません‼」
「…」

「絶対に無理です‼」
こういうことは最初にきちんと断っておかないと、気付いた時には…ってことになりかねない。
「愛人？　確かにそれはイヤだろうな」
響さんが他人事のように頷いた。
「えっ？」
「あ？」
私達、なんか会話がズレてない？
「…綾、今、誰の話をしているんだ？」
「えっと…私と響さんの話じゃないんですか？」
「…」
「…」
流れる沈黙。
私が響さんといて初めて気まずさを感じた瞬間だった。
宙を見つめて何かを考えている響さんとそんな響さんを見つめる私。
先に口を開いたのは響さんだった。
「なんで愛人なんだ？」
「…響さん、結婚してらっしゃいますよね？」
「…やっぱり」
響さんが納得したように頷いた。
「…？」
「やっとお前の言葉の意味が分かった」
スッキリした表情で笑みを零す響さんに首を傾げることしかできない。
「俺が結婚していたのは過去の話だ」
「…はい？」
結婚していたのは過去の話…。
過去の話？

180　R.B ～ Red Butterfly ～

…⁉
どういうこと⁉
待って‼
頭が全然ついていかない。
言葉を発することすらできず魚みたいに口をパクパク動かすことしかできない私。
「綾、大丈夫か？」
大丈夫な訳ないでしょ？
自分でもなんでこんなに驚いているのか分からないけど…。
でも、そうならそうって早く教えてくれてもいいんじゃない？
響さんがもっと早く教えてくれたら恐怖の修羅場に怯えることも、顔も知らない奥さんの心配をする必要もなかったのに‼
…瑞貴や凛も教えてくれたら良かったのに…。
私は必死で2人との会話を思い出した。
…まぁ、凛は途中で邪魔が入ったから仕方がない。
瑞貴は…。
「直接聞いてみろよ」
瑞貴が私に言った言葉。
その言葉は少しも間違ってない。
瑞貴は性格上、人のことをペラペラと話すような奴じゃないって私も知っていたはず…。
ましてや、こんな話なら瑞貴が私に話さなかったのも納得できる。
瑞貴はわざわざ言ってくれたのに響さんにきちんと聞かなかったのは私だ。
今日だって聞こうと思えばいくらでも機会はあったのに…。
悪いのは他でもない私だ。
それなのに、私ったら人のせいにばかりして…。
…最悪…。

…響さんが悪いんじゃない。
すっかり酔いが醒めた私は大きな溜息を吐くことしかできなかった。
今はテンションを落としている場合じゃない…。
「綾？」
「すみません‼」
響さんが心配そうに私の顔を覗き込んだのと、私が勢いよく頭を下げたのは同時だった。
鈍い音が響き額に痛みが走った。
「…痛っ…」
額を押さえる指の隙間から見えた響さんも無言で額を押さえている。
しまった‼
やってしまった…。
これってヤバすぎない⁉
響さんって、すごく優しくて穏やかだけど組長さんだし…。
もし、響さんの綺麗な顔に傷をつけたら…。
明日から私この辺を歩けなくなるんじゃ…。
厳ついお兄さん達に命を狙われるかも‼
…違う…。
厳ついお兄さん達だけじゃない…。
響さんのファンの女の子達も敵にまわしちゃう⁉
「大丈夫ですか？」
私は慌てて響さんの顔を覗き込んだ。
…⁉
響さん⁉
なんで笑ってんの⁉
…てか、なにがそんなにツボに嵌ったの？
…もしかして…。

打ち所が悪かったんじゃ…。
「ひ…響さん?」
呆然と見つめることしかできない私に響さんが笑いを飲み込んで視線を向けた。
「俺は大丈夫だ。それより、お前の方が痛かっただろ?」
「い…いえ…私は、全然平気です…」
響さんの指が私の額に伸びてくる。
「赤くなってる」
そう言って撫でるように動く響さんの指。
その部分が熱く感じる。
それが、打ったせいなのか、響さんの指のせいなのかは分からなかった。
「綺麗な顔に傷をつけたら殺されるかもな」
その言葉に私の鼓動が速くなった。
落ち着け! 綾!!
これは、きっと…。
社交辞令?
そう、響さんは大人だから社交辞令に違いない!!
額だけじゃなくて全身が熱くなった私は、話題を変えようと口を開いた。
「だ…誰に殺されるんですか?」
完全に動揺している私にはそんな質問をするのが精一杯だった。
「ん? 彼氏とか…」
「彼氏⁉ 響さん彼氏がいらっしゃるんですか⁉」
「…」
「…えっ?」
「俺じゃねぇーよ」
「…」
「…」

「…そうですよね」
「あぁ、俺はそっちの趣味はない」
「…ってことは…」
「お前の彼氏だよ」
「…なるほど、良かった」
私は胸を撫で下ろした。
ん？　彼氏？
私の彼氏⁉
「彼氏なんていません‼」
「そ…そうなのか？」
「はい‼」
…しまった…。
思わず自信満々で言っちゃったけど…。
力が入りすぎたかも…。
響さん、びっくり顔してるし…。
もしかして、ドン引きされてる？
響さんに恐る恐る視線を向けてみると…。
笑みを浮かべている響さん。
その笑みはどことなく嬉しそうに見えた。
「良かった」
そう呟いた響さんの声はとても小さくて…。
私は聞き取ることができなかった。
「え？　響さん？」
「いや、なんでもない」
「…？　そうですか？」
「あぁ」
まぁ、響さんがそう言うんなら独り言かなんかなんだろう。
私はそう納得した。
「なぁ、綾」

「はい？」
「お前は、俺のどんな噂を聞いている？」
「噂ですか？」
「あぁ、人伝に俺のことを聞いているんだろ？」
「えぇ、まあ…」
これは正直に答えるべきなんだろうか？
誰だって自分の噂を聞いていい気がする人なんて滅多にいないと思う。
噂ってそういうモノ。
事実と異なることが事実のように話されるモノ。
…多分、私が聞いている噂も…。
今、私が知っている響さんの情報の中に真実はどのくらいあるんだろう？
だけど、知るんだったら、噂じゃなくて真実を知りたい。
聞くなら今しかないかもしれない。
そう思った私は、今まで聞いた響さんの噂を口にした。
私が知っている噂を全て…。
その間、響さんは瞳を閉じて私の話を聞いていた。
「私が知っている噂はこれだけです」
響さんの瞳が静かに開いた。
「そうか」
「…やっぱり事実とは違いますか？」
「うん？　…そうだな、まぁ、あながち間違いじゃない所もあるが…」
そう言って言い難そうに頭を掻いた響さんを見て思わず私は笑みを零した。
なんか、この人…可愛い。
「確かに俺には小学生の息子がいる。過去には嫁さんもいた」
「そうですか」

「４年前に亡くなったんだ」
「…!?」
「持病があったから長く生きられないことは分かっていた」
「…」
「それでもいいからって籍をいれて一緒に暮らした」
響さんが苦しそうに笑って視線を宙に向けた。
「子供を産んだことで寿命を縮めてしまったのかもしれない」
響さんに私はなんて言葉を掛けていいのか分からなかった。
「…結婚されていることは初めてお店でお会いした時から気付いていました」
響さんの視線が宙から私に移った。
その瞳は不思議そうに揺れていた。
まるで「どうして？」と私に問い掛けるように…。
私はその疑問に答えるために響さんの左手を指差した。
私の指の先を辿るように動く視線。
「指輪をはめていらっしゃったので…」
「なるほどな」
疑問が解けてすっきりした表情に変わった。
響さんの視線が自分の左手の薬指に移った。
しばらく指輪を見つめていた響さんが口を開いた。
「…遺言なんだ」
それは小さな声だった。
もしかしたら独り言だったのかもしれない。
だけど、私の耳に届いた言葉を聞き流すことができなかった。
「結婚指輪をつけておくことですか？」
「結婚指輪？」
…なに？
そのリアクション…。
私、間違ったこと言ってないよね？

私の顔と指輪を交互に見比べた響さん。
「俺がつけていた結婚指輪は墓の中にある」
響さんの言葉を聞いた私は一気に全身の血の気が引くのが分かった。
それと同時に襲ってきた大きな後悔。
興味本位の軽い気持ちで聞いていいことじゃなかった…。
そう分かっているのに、私は言葉を発することができない。
ただ黙って俯いている私の耳に心地よい声が届いてきた。
「遺言は…アイツの最初で最後の頼み事だった」
「響さん‼」
私はとっさに言葉を遮るように響さんの腕を掴んでいた。
「…私に…」
「うん？」
「…私にそのお話を聞く権利はあるんでしょうか？」
響さんが今から話すことを聞いて私はなんて言葉を掛ければいいのか分からない。
興味本位で軽はずみに聞いてしまったことへの後悔が大きすぎて、私はそれ以上聞くことが怖くなっていた。
問い掛けた私の顔を見つめる響さん。
「俺の独り言だと思ってくれ」
「独り言？」
「あぁ、綾に話しているんじゃない。俺が一人で話しているだけだ。だから、返事をする必要はない。ただ、お前はそこにいてくれればいい」
穏やかな口調。
優しい笑み。
まっすぐに私を見つめる瞳。
その瞳は心の中まで見透かしてしまいそう…。
私の後悔にも、響さんは気付いているのかもしれない。

…怖いけど知りたい。
本当の響さんを知りたい。
噂じゃなくて真実を…。
だから、私は響さんの顔を見て頷いた。
「アイツが最後に望んだのは俺との離婚だった」
…えっ?
響さんは手元のタバコの箱を見つめながらゆっくりと話し始めた。
「俺はアイツが病気だってことも長くは生きられないことも納得して結婚した」
「だから、アイツが亡くなってからも俺達は夫婦であり続けると信じていた」
「…でもな…」
響さんの表情が悲しそうに揺れた。
「亡くなる前の晩にアイツは病院のベッドの上で正座をして頭を下げたんだ」
「『私をあなたの籍から抜いてください』ってな」
…どうして?
奥さんはどうして響さんにそんなことを望んだんだろう…。

Episode 8 Red Butterfly

私は瞳を閉じて響さんの話を聞いていた。
頭の中に浮かんだ病室。
響さんと奥さんとの会話がリアルに映しだされた。
あたかも私がそこに居たかのように…。
「私をあなたの籍から抜いてください」
病室のベッドの上に正座をして頭を下げる女性。
「な…何を言っているんだ？」
驚いた表情の響さん。
「響さん、私が亡くなる前に私と離婚して、あなたはいい女性と幸せになってください」
「あ？　冗談が過ぎるぞ」
「冗談なんかじゃありません。私は本気です」
「どうした？　なにがあったんだ？」
響さんの引き攣った表情とは対照的ににっこりと微笑む女性。
「私がこの世からいなくなったら私のことは忘れてください」
「…⁉」
「あなたにはいつもあなたらしくいて欲しいんです」
「…俺らしく？」
「あなたはいつも堂々としていてその場にいるだけで存在感がある人。女の人はもちろん男の人にも惚れられるような人であり続けてください」
「…」

「私はあなたのそんなところに惚れたんです」
「…お前は…」
「…？」
「寂しくないのか？」
「寂しい？」
「俺の心が他の女に向いても寂しくないのか？」
「私の人生はとても幸せでした。あなたと出逢うことができてあなたの愛を独り占めできた。あなたが私の望みを全て叶（かな）えてくれた」
「…」
「最後に私が望むのはあなたが歳をとっておじいちゃんになって人生が終わったら天国でその優しい笑顔を少しだけ見せてください」
「…」
「その時に今よりももっとかっこ良くてモテるおじいちゃんになっていてください」
「お前の言いたいことは分かった。…だが、それは離婚しなくても叶うんじゃないか？」
「最後の親孝行なんです」
「親孝行？」
「はい。本当ならば親よりも長く生きないといけないのにそれができないので、せめて同じお墓で眠りたいんです」
「…そうか」
響さんは奥さんの頼み事を受け入れることしかできなかったらしい。
当時の響さんには残酷な奥さんからの頼み事。
…だけど、それは奥さんが響さんのことを想って出した結論だったと思う。
まだ若い響さんの残りの人生を考えると奥さんはそう言って突

き放すしかなかったのかもしれない。
最愛の人に自分以外の人と幸せになって欲しいと言うことは、私が想像できないくらいに辛いことだと思う。
目の前に死が待っていて、しかも最愛の人を手放さないといけない…。
でも、それを決意した奥さん。
顔も知らないその人を同じ女性として私は尊敬する。
「…綾？」
「…？」
響さんの低くて優しい声に我に返った私。
ゆっくりと顔を上げると穏やかな瞳が私を見つめていた。
さっきまで悲しく辛そうに揺れていた瞳はもうどこにもない。
優しい笑みを浮かべた響さんの長い指が伸びてくる。
頬に温もりを感じるのと響さんの声が耳に届いたのは同時だった。
「なんでお前が泣くんだ？」
「…えっ？」
響さんに言われて初めて自分の瞳から涙が溢れていることに気が付いた。
…あぁ、私、泣いてるんだ。
恋愛なんてしたことがないのに…。
人を好きな気持ちなんて分からないのに…。
響さんと奥さんの気持ちが少しだけ分かるような気がした。
一緒にいたいのに…。
離れたくないのに…。
お互いのことを想って別れることを選んだ２人。
そう考えるとなぜか無性に胸が苦しくなった。
苦しくて…苦しくて…。
いつの間にかその苦しさは涙となって瞳から零れ落ちていた。

響さんの指が溢れる涙を拭ってくれる。
「変な話をして悪かったな」
「いいえ、私なんかに話して頂いてありがとうございます」
「綾、俺はお前だから話したんだ。聞いてくれてありがとう」
響さんがニッコリと微笑んだ。
整った顔の響さんの微笑みはとても綺麗で格好良かった。
そんな響さんの笑顔を見て私の胸は高鳴った。
涙を拭ってくれた左手の薬指で輝きを放つ指輪が視界に入った。
「俺の結婚指輪は離婚届と一緒にあいつに渡した」
「…そうですか。だから今は奥様のお墓にあるんですね」
「あぁ。ちなみにこれは息子が俺の誕生日にプレゼントしてくれたモノだ」
「息子さんが!?」
…響さんの息子って…。
確か"神宮 蓮"って名前だったような…。
照れたようにはにかんだ響さん。
その瞳は優しい父親の瞳だった。
自分の父親の顔も声もいまいち思い出せないけど…。
…あの人も私をこんな瞳で見つめてくれたことがあったのかな…。
今まで親なんて必要ないと思っていた。
今でもその考えは変わらないけど…。
少しだけ寂しさを感じた。
その思いを振り切るように私は立ち上がった。
親のことは考えない。
一度考え出すとどんどん深みに嵌ってしまう。
溢れ出すたくさんの疑問。
そのどれもが私の心を重くする。
しかも、どんなに考えても答えなんて出ないことも分かってい

る。
だから、考えたくない。
「行きましょうか」
私は響さんに微笑み掛けた。
「綾」
「はい？」
「また、誘ってもいいか？」
「もちろん」
私の言葉に響さんが嬉しそうな笑みを浮かべた。

◆◆◆◆◆

このお店に来た時、笑顔で出迎えてくれた和服姿の女の人に笑顔で見送られてお店を出た。
門の外には黒い高級車が停まっている。
そこには、黒いスーツを着て厳つい雰囲気を纏っている３人の男の人がこっちに向かって頭を下げていた。
…増えてる…。
ここに来た時は運転手さん１人だったのに、なぜか２人も増えている。
その人達は響さんに頭を下げているって分かるんだけど…。
響さんの隣にいる私は居心地が悪かった。
だから、さり気なく響さんの背中の後ろに隠れてみた。
「綾？　どうした？」
「…いえ…ちょっと…」
「あの人達が頭を下げていて居心地が悪いのでちょっと隠れてみました」
…だなんて言えないし…。
私は響さんの脇からちらっと車の方に視線を向けた。

もう頭は下げていないけど、すっごい見てるし…。
黒いスーツに厳つい顔と雰囲気。
明らかにそちらの世界の人達。
１人ならまだしも３人もいるとかなり怖い。
私とスーツ姿の人達を交互に見た響さんが何かに気付いたように頷いた。
「大丈夫だ」
そう言った響さんが私の手を掴んだ。
「…？」
…なにが？
一体、何が大丈夫なの？
響さんの言葉の意味が分からない私はただ首を傾げるしかなかった。
そんな私を他所にそのまま手を引いて歩き出した響さん。
響さんに手を引かれたまま近付いてきた私を見て男の人達は一瞬驚いたような表情を浮かべた。
…だけど…。
その人達よりも私の方が驚いた表情をしていたに違いなかった。
響さんが車の傍で足を止めると１人の男の人が小さな声で言葉を発した。
「親父、ちょっと話が…」
…親父⁉
この人響さんの息子なの？
…いや…違う‼
だって響さんの子供はまだ小学生のはず…。
「ちょっと待て」
その男の人の言葉を制した響さん。
「綾、先に車に乗っていろ」
響さんが後部座席のドアを開けた。

言われるがまま私はフカフカのシートに腰を下ろした。
静かにドアが閉められ外の音は全て遮断された。
…何かあったのかな？
声は聞こえないけど真剣な表情の男の人達。
そんな男の人達の話を聞いている様子の響さん。
響さんが話を聞きながらポケットからタバコを取り出すとそれが当たり前のように火が差し出される。
これは私が知らない響さん。
私が知っている響さんはいつも優しくて穏やかで「この人、本当に組長なの⁉」って思うような人。
だけど、今、目の前にいるのは全身から威圧感を醸し出していて鋭くて冷たい…尖った氷みたいな人。
一体どっちが本当の響さんなんだろう…。
そんな疑問が浮かんだ。
疑問と同時に浮かんだ興味。
自分では全く気付いていなかったけど、この日から私は響さんに惹かれていたんだと思う。

Episode 9 *Red Butterfly*

車の外で、男の人達が響さんに向かって再び頭を下げた。
運転手さんが後部座席のドアを開け響さんが車に乗り込んでくる。
「綾、待たせて悪かったな」
「いいえ、気にしないでください」
ドアが閉まり運転手さんが運転席に座ると車は静かに動き始めた。
その場に残った２人はまだ頭を下げていた。
…あんなに頭を下げていて、頭に血が上らないのかしら？
間違いなく私だったら顔を上げた瞬間に眩暈に襲われるはず…。
タバコに火を点けてあげたり、ドアを開け閉めしたり、頭を下げ続けたり…。
この世界の人達もいろいろと大変なんだ…。
私は心の中で「お疲れ様です」と呟いた。
車が停まったのは繁華街の私が働くお店の近くだった。
すかさず、後部座席のドアを開けてくれる運転手さん。
先に響さんが車を降りて手を差し伸べてくれる。
その手に自分の手を重ねると大きな手が私の手を包み込んだ。
その温もりを感じながら私は車を降りた。
「今日はもう帰っていいぞ」
響さんが運転手さんに声を掛けた。
「分かりました」

運転手さんが頭を下げた。
響さんは私の手を離すことなく歩き出した。
周りには私と同じように"同伴出勤中"らしき他のお店のホステスとお客さんらしき人達。
路上の至る所には行き交う人に声を掛けているキャッチの姿。
ビルの出入り口にはお客様をお見送りしているホステスの姿。
今日もここは賑わっている。
その中で私はたくさんの視線を感じていた。
…なんか目立っている気がする…。
至る所から感じる視線。
いつも、出勤する時にはこんな視線なんて感じたことがない。
…ということは…。
やっぱり目立っているのは私の隣を歩いている人が原因？
私は隣を歩いている響さんの顔をチラっと見上げた。
別に何かを気にする様子もなく平然とした表情の響さん。
すれ違う人達が響さんの顔を見て驚いたように慌てて道を譲っている。
…しかも…。
響さんに気付いた人達の反応は様々。
会釈をする人。
わざわざ挨拶をしに来る人。
嬉しそうに瞳を輝かせる人。
自分の働いているお店に誘う人。
遠巻きに歓声を上げる人。
響さんに反応する人も様々。
お店のキャッチ、私と同業者のお姉さん、厳つい雰囲気を全身から醸し出している明らかにそっちの筋の人…。
観察を始めるとキリがない。
色々な人から声を掛けられても響さんは足を止めることもなく、

最低限の言葉を発するだけだった。
声を掛けてくる人達は響さんの知り合いだと分かる。
…だけど…。
遠巻きに響さんに視線を送ってきている綺麗なお姉様方は…。
凛が言っていた響さんのファンの人達⁉
…痛い…。
派手目で綺麗なお姉様達の鋭い視線が容赦なく私に突き刺さってくる。
…違うの‼
私は貴女達と同業者でただ"同伴"をしてもらっているだけなの‼
同業者なんだから貴女達も分かるでしょ？
"同伴"もお仕事なんだって…。
そんな私の無言の絶叫が聞こえるはずもなく…。
私はその視線を必死で感じないようにした。
「どうした？」
響さんが私の顔を覗き込んだ。
「…いいえ…別に…」
正直に答えることができない私は響さんの瞳から視線を逸らしてそう答えることしかできなかった。
響さんと繋いでいる掌から伝わってくる温もり。
当たり前のように繋がれた手に視線を向けた。
…同伴の時って手を繋ぐのが普通なのかしら？
同伴初心者の私には分からないことばかり。
こんなことなら事前に雪乃ママに聞いておくんだった。
「綾？」
繋がれた手を見つめる私を不思議そうに見つめる響さん。
「…あの…」
「うん？」

「響さんは同伴をする時はいつも手を繋ぐんですか？」
「…」
私の言葉に響さんの表情が驚いた表情に変わった。
「…？」
…私…。
また、おかしいこと聞いた⁉
驚いた表情の響さんが俯いて…その肩が小刻みに揺れていた。
…⁉
「ひ…響さん⁉」
「悪い…ちょっと…」
「…？　ちょっとどうしたんですか⁉」
…気分が悪くなったとか？
私が変なことばかり聞くから⁉
「…ちょっとだけ時間をくれ…」
「…はい⁉」
響さんは具合が悪くなったんじゃなくて、ツボに嵌って笑っているだけだった…。
…なんだ、笑いが止まらなくなっただけか…良かった…。
…。
…ていうか、なにがそんなに響さんのツボに嵌ったんだろう？
響さんの笑いがやっと収まったのは雪乃ママのお店が入っているビルが見えてきた時だった。

「大丈夫ですか？」
「あぁ。さっきの答えだが…」
…さっきの答え？
私、何を聞いたっけ？
「実は、俺も"同伴"なんて滅多にしないから分からないんだが、数年前に雪乃と同伴した時には手は繋がなかったな」

…。
雪乃ママと同伴…。
雪乃ママと同伴？
響さんと雪乃ママが同伴⁉
…。
…いや…別に驚くようなことじゃない。
響さんは雪乃ママが歳を誤魔化して働いていることも知っているくらいなんだから…。
…同伴するってことは響さんは雪乃ママを指名していたってことだよね。
…ってことは…。
響さんは雪乃ママのことが好きだったとか⁉
…あれ？
なんだろう？
なんか胸がモヤモヤするような…。
「…綾」
「…」
「綾」
「…」
「綾！」
「えっ⁉」
「俺の勘違いなら悪いんだけど…」
「…？」
「変な想像を膨らませてないか？」
「変な想像？」
「俺が雪乃に惚れていたとか」
「…‼」
「やっぱりな」
響さんが呆れたように溜息を吐いた。

「…違うんですか？」
「期待を裏切るようで悪いけど、天と地がひっくり返ってもそれはないな」
「そ…そうなんですか？」
きっぱりと断言した響さんが足を止めた。
「あぁ。この話の続きは店に入ってからな」
どうやら私が"変な想像"を膨らませている間にお店が入っているビルの前に到着したらしい…。

◆◆◆◆◆

響さんがお店のドアを開けてくれると中から店長の声が出迎えてくれた。
「いらっしゃいませ」
見慣れているはずの店内がいつもと違うような感じがする。
出勤時、いつもは裏口から店内に入るけど、今日は正面から入ったせいかもしれない。
「響さん、いらっしゃいませ」
私達の姿を見つけた雪乃ママが笑顔で駆け寄ってきた。
「あぁ、悪いな雪乃。少し遅れた」
時計を見ると22時を少しだけ過ぎていた。
「綾乃ちゃん、美味しいもの食べさせてもらった？」
「はい。とても美味しかったです」
「そう、良かったわね」
ニッコリと微笑んだ雪乃ママ。

雪乃ママは私から響さんに視線を移した。
「綾乃ちゃんが楽しい時間を過ごせて頂いたみたいだから気にしないで響さん。さぁ、お席にご案内しますね。綾乃ちゃん

は準備をしてきてね」
雪乃ママと響さんが奥のボックス席に向かった。
その背中を見送ってから私は控え室に向かった。
控え室のドアを開けるとマリさんがいつもと変わらない笑顔で迎えてくれた。
「おはようございます。マリさん」
「綾乃ちゃん、おはよう。初の同伴おめでとう」
「ありがとうございます」
軽く頭を下げた私にマリさんは手招きをした。
「神宮さんが待ってるから、10分で終わらせるよ」
「…⁉」
10分⁉
いつもは軽く30分は掛かるのに…。
手招きをしているマリさんの笑顔に寒気を感じるのは私だけかしら？

マリさんは有言実行の人だった。
手招きされて恐る恐る近付いた私の手に準備していたらしいロングドレスを手渡して「一分で着替えてね」と言い放った。
普段なら「無理‼」と言うところだけど、マリさんの気迫にすっかり飲み込まれていた私は、その場で着ていた服を脱ぎ捨てギリギリ一分以内に着替えを終えた。
着替えを終えた私を有無を言わせず椅子に座らせたマリさんは慣れた手付きで私の顔と髪を弄り始めた。
猛スピードで動く手と同じようにマリさんの口も休まることはない。
「初の同伴の相手が神宮さんなんてすごいわね」
「そ…そうですか？」
「そうよ。他の女の子もみんな羨ましがっていたわよ」

「…はぁ」
…羨ましがっていた…。
その言葉が引っ掛かった。
私の経験上、女の子に羨ましがられて良かったことなんて一度もない。
…何もないといいけど…。
「でき上がり！　ジャスト10分」
鏡越しに満足そうなマリさんの表情があった。
「ありがとうございます」
「今日も頑張ってね」
マリさんの笑顔に見送られて私は控え室を出た。

「綾乃さん、おはようございます」
いつもと同じように裏口から店内に入ると近くにいたボーイさんが声を掛けてくれた。
「おはようございます」
「お席にご案内します」
「お願いします」
笑顔を浮かべたボーイさんが一歩前を歩き出した。
その後ろを歩く私。
……なんとなく予想はしていたけど…。
すでに満席に近い店の至る所から飛んでくる視線。
どうやら今日は注目を浴びる日らしい…。
なんか、面倒くさい。
重くなる気分を振り払うように私は顔を上げた。
「こちらです」
私が案内されたのはやっぱり一番奥のVIPルームだった。
「ありがとうございます」
私は案内してくれたボーイさんにお礼を告げてVIPルームの中

に入った。
「失礼します。お待たせしました」
VIPルームに入ると正面にいる響さんと視線が重なった。
響さんの優しい瞳を見るとさっきまでの重い気分が少しだけ和(やわ)らいだ気がした。
私がいない間、響さんに着いていてくれたのは雪乃ママだった。
「綾乃ちゃん、こっちにどうぞ」

ヘルプ専用の席に座っている雪乃ママが響さんの隣の席を差している。
「失礼します」
私はその席に腰を下ろした。
なんだか、響さんが近くにいると落ち着くような気がする…。
「綾乃ちゃん」
「はい？」
「綾乃ちゃんはお酒に強いらしいわね」
雪乃ママの瞳が輝いている。
「…えっ？」
私は慌てて響さんの顔を見た。
そこには、俯き気味に笑いを堪(こら)えている響さん。
…。
…早速、暴露されてるし…。
「綾乃ちゃんはお店であまり飲まないからお酒には弱いんだと思っていたわ」
「…」
その言葉に私は引き攣(つ)った笑みを浮かべることしかできなかった。
そんな私を他所(よそ)に雪乃ママは子供みたいに瞳を輝かせている。
…？

204　R.B ～ Red Butterfly ～

なんで、雪乃ママはこんなに嬉しそうなんだろう？
でも雪乃ママの次の言葉でその謎は解けた。
「今度、綾乃ちゃんと飲みに行くのが楽しみだわ」
…あぁ、そういうことか…。
昼間、電話で飲みに行く約束したんだっけ。
「雪乃ママはお酒が好きなんですか？」
雪乃ママがお店で飲んでいるところを見たことがない私は尋ねた。
「…飲みに行く？」
突然、驚いたような声を出した響さん。
…？
なに？
「そう。綾乃ちゃんと約束しているの」
響さんの異変に気付いていないのか雪乃ママが答えた。
「２人でか？」
響さんが私の顔を見つめた。
「えっ？　は…はい」
「綾乃」
「なんですか？」
「雪乃と飲みに行くのは止めた方がいい」
「はい？」
いつになく真剣な表情の響さんに私の身体にも緊張が走った。
…どういう意味⁉
「雪乃と一緒に飲むと潰されるぞ」
「…？」
「ここだけの話だけどな…」
急に声が小さくなった響さんが私の耳に顔を近付けた。
「…⁉」
響さん‼

ち…近過ぎない!?
なんかものすごく緊張するんですけど…。
そんな私の思いに気付くはずのない響さんが私の耳元で雪乃ママの秘密を教えてくれた。
「雪乃はな、底無しの上に飲ませ上手なんだよ。だから、一緒に飲みに行くと間違いなくお前は酔い潰されて、翌日は二日酔いで起きられなくなるぞ」
「そ…そうなんですか？」
「あぁ」
「響さん」
それまで黙っていた雪乃ママ。
「うん？」
「私の悪口は私がいないところでどうぞ」
ニッコリと微笑んだ雪乃ママ。
でも、その微笑みが逆に怖いんですけど…。
「雪乃」
「はい？」
「お前がいないところでお前の悪口を言うと、陰口になるだろ？」
「そうですね」
「あいにく俺は悪口を言うのは好きだが、陰口は嫌いなんだ」
2人の会話に入れない私はオロオロと2人の顔を交互に見つめることしかできなかった。
緊迫した雰囲気。
…これはマズイ…。
そう思った時、雪乃ママが楽しそうに笑い出した。
「それもそうですね。陰口よりも目の前で堂々と悪口を言われた方がいいわ」
「だろ？」

楽しそうに笑い声を上げた2人に私は小さな溜息しか出てこない。
…この2人の会話は心臓に悪い…。
「綾乃ちゃん」
笑っていた雪乃ママに突然名前を呼ばれた私の身体は驚きでビクッと反応した。
「は…はい？」
「響さんに何を聞かされても今更キャンセルはなしよ」
茶目っ気たっぷりに言う雪乃ママに私は笑顔で頷いた。
「さて、今日もお客様からたくさん飲ませて頂かないと…」
イスから腰を上げた雪乃ママが
「響さん、ごゆっくり」
響さんにニッコリと微笑んだ。
「雪乃」
「はい？」
「好きなモノを好きなだけ飲んでくれ。時間に遅れたワビだ」
響さんの言葉に雪乃ママの瞳が輝いた。
「お言葉に甘えて、思う存分飲ませて頂きます」
「少しは、手加減してくれよ？」
妖艶な笑みを浮かべた雪乃ママが
「一応、気を付けてみます」
VIPルームを出て行った。
響さんはそんな雪乃ママの背中を楽しそうな笑みを浮かべて見送っていた。
響さんと雪乃ママって付き合いが長いだけあって仲がいいんだろうな。

「雪乃は俺が世話になっている人の女だ」
「えっ？」

「さっきの話の続きだ」
…さっきの話?
……なんだっけ?
「店に入る前、変な想像を膨らませていただろ?」
…変な想像…。
あぁ!!
そう言えば…。
…ていうか…。
「雪乃ママ、彼氏さんがいるんですか!?」
「…」
「…」
……なんで響さん固まってるの?
「知らなかったのか?」
「えぇ、全然」
「…」
「…?」
「…俺、雪乃に殺されるんじゃねーか?」
響さんが大きな溜息を吐いた。
殺される?
響さんが雪乃ママに?
…まさか、そんなはず…。
さすがに雪乃ママだってプライベートを暴露されたからって殺したりは…。
するの!?
「私、何も聞いてません!!」
「はっ?」
響さんが切れ長の漆黒(しっこく)の瞳を丸くしている。
「今、聞いたことはすぐに忘れます!!」
「…忘れる?」

「はい‼　もう、忘れました‼」
「…ぶっ‼」
…えっ？
響さん⁉
勢い良く吹き出した響さんに今度は私が瞳を丸くする番だった。
…なんで？
…響さんは大爆笑してんの？
私がこんなに慌てて…。
慌てて、かなりおかしなこと言わなかった？
…。
…言ったわよね…。
恥ずかしい‼
私は熱くなる頬を両手で押さえた。
響さんの前だとなんで私はこんな風なんだろう…。
今日だけでも一体何度爆笑されたんだろう？
「悪いな、綾乃」
「…え？」
「俺のためにそんな特技まで披露してもらって…」
特技⁉
そんな特技を私が持っている訳ないじゃない。
…でも…。
響さんが言う通り特技ってことにすれば、この場を乗り切れるんじゃ…。
「ええ、こんなところで役に立つだなんて思いませんでした」
引き攣りそうになる顔を必死に笑顔で隠した。
「あぁ、助かった」
…良かった。
なんとか乗り切れたみたい。
これ以上私のバカさ加減を響さんに披露しなくて済む。

209

ホッと胸を撫で下ろしたのも束の間だった。
一時は笑いが収まっていた響さんが再び楽しそうに笑い出した。
…失敗だった。
余計に私の痛さ加減を暴露したようなものじゃない。
「もし…」
「…？」
「雪乃にバレたら素直に謝るよ」
「…そうですね。それがいいですよね」
楽しそうな響さん。
響さんの笑顔は私まで笑顔にしてくれる。
それから、響さんは閉店近くまでお店にいてくれた。

私がお酒を大好きなことを響さんは知っている。
もうバレているんだから今更、隠す必要はなかった。
そんな私に響さんは付き合って一緒に飲んでくれた。
私も自分でお酒には強い方だと思っていたけど…。
響さんは私以上に強いことが判明した。
何本ものボトルを2人で空けてかなりの量のお酒を飲んだにもかかわらず、全く酔った様子を見せない響さん。
飲んでいない時と変わらない。
いつもは誰かと飲んでいても相手が先に潰れるか寝てしまう。
だから、いくら飲んでも潰れもせず、寝たりもしない人と飲めることが嬉しかった。
いい感じにほろ酔い気分になった時、私はあることを思い出した。
「響さん」
「うん？」
「ちょっと失礼なことを聞いてもいいですか？」
「なんだ？」

「響さんの息子さんって1人だけですか？」
「は？」
…しまった…。
やっぱりこんな質問なんてするべきじゃなかった…。
「いえ…何でもありま…」
「なんでそう思うんだ？」
「なんでもありません」と言おうとした私の言葉を遮った響さん。
本当に聞いてもいいのだろうか？
せっかくの楽しい時間が台なしになってしまうかも…。
……だけど…。
私の言葉は響さんの耳に届いてしまった。
どんなに今を取り繕っても過去を消すことはできない。
私は覚悟を決めて口を開いた。
「さっきお会いした方が響さんのことを"親父"と呼んでいらっしゃったので…」
「さっき？」
響さんの視線が私から宙に移った。
しばらくして、響さんが思い出したように口を開いた。
「さっきって食事の後のことか？」
「ええ」
私が頷くと響さんの表情が変わった。
不思議そうな表情から穏やかで優しい表情に…。
「なぁ、綾、お前は俺の仕事を知ってるよな？」
「はい」
「あいつらは、ウチの組の人間だ」
…やっぱり…。
「俺達の世界は独特な世界でな。組の人間同士は家族みたいなモノなんだ」

「家族?」
「あぁ、組の長である俺が父親で組員は全員が息子だ」
「だから、あの人達は響さんのことを親父って呼ぶんですか?」
「そうだ。組員同士でも兄と弟の関係がある」
「そうなんですか?」
「あぁ、上下関係が厳しい分、絆(きずな)も深い世界なんだ」
…家族…。
…絆…。
私には縁遠い言葉に聞こえた。
「ありがとうございます、勉強になりました」
「勉強?」
「えぇ、社会勉強です」
「役に立つかは分からないけどな」
そう言って響さんは笑みを浮かべ私の頭を優しく撫でた。
楽しい時間は過ぎるのが早い。
この日私は改めて実感した。

「また、連絡する」
会計を終えた響さんが言った。
「お待ちしています。今日はありがとうございました」
「礼を言うのは俺の方だ。楽しい時間をありがとう」
響さんの言葉に私の心は温かくなった気がした。
「響さん、ごちそうさまでした」
雪乃ママが席を立つ響さんを見つけて駆け寄ってきた。
「またお待ちしていますね」
雪乃ママと響さんが楽しそうに話す会話を私はぼんやりと見つめていた。
「綾乃ちゃん!!」
「はい」

「響さんのお見送りをお願いね」
「分かりました」
私は響さんと一緒にお店を出た。
店の前ではNo.1のアリサがお客様のお見送りをしていた。
私達に気付いたアリサは一瞬こちらに視線を向けたけど、すぐに自分のお客様に視線を戻した。
…あんまり顔を合わせたくないんだけど…。
「じゃあな、綾乃」
「ありがとうございました、響さん」
「時間がある時はいつでも連絡をしてくれ」
「はい、分かりました」
少し離れた所にはアリサとお客様がいるのに…。
響さんは私の頭に手を伸ばすと優しく撫でた。
たったそれだけのことなのに…。
私の胸は高鳴り、顔が熱くなった。
そんな私を見て響さんは優しい笑みを浮かべた。
響さんとアリサのお客様が同じエレベーターに乗りドアが閉まった。
お見送り終了…。
できればアリサと二人きりにはなりたくない。
「お疲れ様です」
とりあえず、私はアリサに声を掛け店の中に戻ろうとした。
「羨ましい」
背中から聞こえてきた言葉。
間違いなくアリサの声。
「…はい？」
私はドアに掛けようとしていた手を止め振り返った。
そこには、いつもお客様に見せる可愛らしい笑顔ではなく冷めた表情のアリサがいた。

…嫌な予感がする…。
一瞬シカトしてお店の中に戻ろうかと思った。
…だけど…。
私の性格がそれを許さなかった。
「響さんを自分の客にできるなんて凄いわ」
「そうですか？　たまたま運が良かっただけだと思いますけど？」
「そお？　綾乃ちゃんのこと雪乃ママもお気に入りみたいだし…」
「…なにが言いたいんですか？」
「裏でどうやって取り入っているのか、ぜひ教えて欲しいわ」
アリサはにっこりと笑みを浮かべた。
だけど、その瞳には女特有の嫉妬心が溢れている。
「…」
…やっぱりね…。
何となくこの展開は予想していたし…。
……っていうか、アリサは私にケンカを売っているのかしら？
売られたケンカは買う主義だけど…。
…。
だめ、だめ!!
今はお仕事中だった!!
こんな女の相手をしている場合じゃない。
早く戻らないと…。
「アリサさん」
「なに？」
「私、仕事に戻りたいんですけど、言いたいことはそれだけですか？」
私は笑顔と穏やかな口調を意識した。
……それが失敗だった…。

私の態度がアリサの怒りに触れてしまったらしい…。
それまでとは比べものにならないほど険しい表情になったアリサ。
「…残念だわ」
「はい？」
「私、響さんのことを素敵な方だと思っていたけどそうでもないみたいね」
「…はっ？」
ちょっと待って。
なんで、響さんがそんな風に言われるの!?
「こんな、頭の悪そうな人を指名するなんて響さんは人を見る目がないわ」
「…!?」
「たくさんの人の上に立つ人なのに残念だわ」
…頭の悪そうな人…。
…ってもしかして私のこと!?
どんなに辺りを見渡してもここにいるのは私とアリサだけ…。
…いや、確かに私は頭が悪い。
今通っている高校だってそんなにレベルの高い学校じゃないけど、入試の時には何日も徹夜して必死で勉強した。
クラスでの成績だって下から数えた方が早いし…。
…こんな女に言われる筋合いなんてないけど…まぁ、事実だから仕方がない…。
だから、そこは100歩譲って我慢しよう。
……でも!!
なんで響さんのことまで悪く言われないといけないの!?
その疑問は私を怒りで震えさせた。
…殴りたい…。
身体中を駆け巡る怒りとイライラ感。

そのイライラ感は大きく膨らみ行き場を探している。
原因を作った本人にその矛先を向けるのは間違ったことじゃない。
私の中ではそれが正論なんだ。
今にも動き出しそうな手を私は必死で止めていた。
先に手を出しちゃダメ。
今まで生きてきて学んだこと。
理由がなんであれ先に手を出した方が負けなんだ。
こいつにだけは負けたくない。
私はアリサにバレないように小さく息を吐いた。
「…アリサさん」
「なに？」
「私も残念です」
「えっ？」
アリサは私の言葉が予想外だったらしく眉間に深い皺を寄せた。
それを確認した私はアリサに向かってニッコリと微笑んだ。
「私もアリサさんのことを勘違いしていたみたいです。可愛らしくて、この仕事に誇りを持っている素晴らしい女性だと思っていたんですけど…」
「…？」
「人を見る目がない、私欲の塊の人だったんですね」
「…!!」
アリサは可愛らしい顔を悔しそうに歪めた。
もう一息だ。
「No.1だからって全ての人が素敵な女性とは限らないんですね。勉強になりました…」
言い終わらないうちに乾いた音が響き、左頬に痛みを感じた。
…よし、作戦通り!!
先に手を出せないなら、相手を挑発して、手を出させればいい

だけのこと。
アリサのことなんて一度も"素敵な女性"だなんて思ったことはない。
だけど、挑発するためにはお世辞も仕方がない。
一度、持ち上げ一気に落として詰める。
そうすれば、相手はより一層不快感を覚え冷静さを失う。
そうなれば私の思い通りにことは進む。
先に手を出したのはアリサだ。
次の瞬間、私の身体は動いていた。
私の蹴りをお腹で受け止めたアリサがその場にうずくまった。
だけど、そのくらいじゃ私の怒りは収まらない。
それは、アリサも同じだった。
年下でヘルプ専門の私に馬鹿にされたんじゃNo.1のプライドが許さないらしい。
大抵の女は一撃で逃げの態勢に入る。
でも、アリサは違った。
一瞬、驚いた表情を浮かべたもののすぐに立ち上がったアリサ。
私が蹴りを入れたように、私にも蹴りを返してきた。
…なんか、楽しい…。
殴り合っているんだから、もちろん痛みはある。
だけど、そんな痛みも感じないくらい私の気分は高揚していた。

＊＊＊R.B～ Red Butterfly～ Ⅱ につづく。＊＊＊

番外編

温もり

Red Butterfly

俺が初めてアイツと出逢ったのは、深夜の繁華街だった。
"綺麗な女"。
それがアイツの第一印象だった。
外国の人形みたいに整った顔。
緩やかな波のような長い髪。
女にしては高い身長。
ただ歩いているだけでも人目を引くその容姿。
派手な女なんて夜の繁華街では全然珍しくなんてない。
でも、アイツは派手な女じゃなかった。
夜の闇に溶け込むような黒いワンピースに黒いサンダル。
化粧だって決して濃い訳じゃない。
それでも、アイツが人目を引いていたのは…。
その日も俺達はいつもと同じように繁華街のメインストリートに溜まっていた。
たくさんの人が行き交う路上。
そこを俺達は堂々と我が物顔で占領していた。
路上に座り込む俺達の傍らを通る奴らが迷惑そうな顔をしていようが、「邪魔だ」という視線を向けてこようが俺達は全くお構いなし。
それどころか、路上に座り込みタバコを吸ったり酒を飲んだり大騒ぎしたり…。
やりたい放題って言葉がピッタリだ。
すぐそこには派出所もあるけど、そいつらでさえも俺達のことは見て見ぬフリ。
でっけぇ乱闘騒ぎでも起こさねぇ限りアイツらが俺達に構うことはない。
それが分かっているから、俺達には恐いもんなんてなかった。
未成年にもかかわらず飲酒、喫煙なんて当たり前。
毎日ケンカ三昧。

人を殴ることに罪悪感なんて全く感じない。
ただ、この瞬間が楽しければそれでいい。
未来のことなんて考えたくもねぇ。
現在(いま)を笑って過ごせるなら、過去も未来も俺はいらねぇ。
「おい、瑞貴(みずき)」
「あ？」
「今からどうするよ？」
ハクがガードレールに腰掛ける俺に近付いてきた。
コイツは本名が博人(ひろと)であだ名が"ハク"。
あんまり詳しいことは分からねぇけど、自分の名前が嫌いらしい。
だから、本名で呼ぶと本気でキレる。
ハクの名前を口に出してはいけない。
それを俺が知ったのはハクと初めて顔を合わせた日だった。

◆◆◆◆◆◆

友達の友達だったハク。
友達に紹介されたハクは笑顔で俺に右手を差し出してきた。
「どーも」
「あぁ」
俺は差し出された右手を握った。
「俺、博人っていうんだ。…でも、」
「俺は瑞貴。よろしくな、博人」
この時、俺がハクの話を最後まで聞いてたらよかったのかもしれねぇけど…。
正直、聞こえなかったんだ。
俺が"博人"と口にした瞬間、紹介してくれた友達が焦(あせ)った表情を浮かべた。

…？
不思議に思った瞬間、俺の視界にものすごい勢いでこっちに向かってくる物体が映った。
次の瞬間、鈍い音が響き頬に痛みを感じた。
…は？
…もしかして…。
俺が殴られたのか？
突然のことに頭が状況を理解するのに時間が掛かった。
でも、それは時間にすると数秒のことで…。
「お…おい‼　瑞貴‼」
「ハク‼　止めろって‼」
気付くと身体が勝手に動いていた。
周りにいた奴らが必死で止めに入る中、俺とハクは激しく殴り合っていた。
騒ぎを聞きつけて駆け付けた警官。
「おい‼　逃げんぞ‼」
殴り合うことに夢中になり過ぎて周りの声が全然聞こえなかった俺の耳に誰かが叫んだその声だけが鮮明に響いた。
お互いに顔や身体にたくさんの傷を作った俺とハクは弾かれたようにつかみ合う手を放し、全力でメインストリートを走り抜け細い路地裏に逃げ込んだ。
メインストリートとは違い人気のない薄暗い路地裏。
殴り合いをしたうえに全力疾走までした俺とハクはぐったりと地面に座り込んだ。
ポケットからタバコを取り出し火を点けると、少し離れた所でハクもタバコに火を点けていた。
暗闇にタバコの匂いが漂い煙を吐き出す微かな音だけが鮮明に聞こえてくる。
何度か煙を吐き出したハクが小さな声を発した。

「…なぁ…」
「あ？」
「…悪かったな」
「なにが？」
「…突然、殴って…」
「俺、未だになんで突然殴られたのか分かんねぇんだけど？」
「…だろうな」
「…」
「…嫌いなんだよ」
「は？　なにが？」
「…自分の名前…」
「名前？　なんで？」
「名前で呼ばれると思い出すんだよ」
「なにを？」
「…"親"…」
そう言ったハクの声はとても辛そうで…。
それ以上聞く必要はなかった。
深夜の繁華街に集まってくる奴らは何かしら心に傷を持っている。
その殆どが家庭に何かしら問題があって居場所がねぇ奴らばかりだ。
俺も例外じゃねぇし、多分、コイツも…。
「じゃあ、なんて呼べばいい？」
「…えっ？」
「嫌なんだろ？　名前で呼ばれんの？」
「あぁ」
「だったら、なんて呼べばいいんだよ？」
「…"ハク"…」
「分かった。よろしくな、ハク」

「あぁ、サンキュ…」
「別に、俺も毎回話し掛ける度(たび)に殴られたらたまんねぇからな」
「…だな」

◆◆◆◆◆

あの日からハクと一緒にツルむことが多くなった。
タメってこともあってハクとは気が合う。
好みも楽しいと感じる瞬間も隠し持っている傷も…。
俺とハクは似ていた。
「別に、なんでもいいけど？」
「ビリヤードでもしに行くか？　この前、お前が勝ち逃げしたままだからそろそろリベンジしねぇーとな。それとも飲みに行くか？　リュウさんが『近いうちに顔出せ』って言ってたぞ」
「どっちでもいいけど…てか、お前もう飲んでんじゃん」
俺はハクの手に握られている瓶を顎(あご)で指した。
ハクの視線が自分の手に落ちていく。
「これは、酒じゃねぇーよ」
「は？」
「酒のフリをしたジュースだ」
「…」
自身満々に言い放ったハクに俺は苦笑した。
ハクはこういう奴。
この適当な感じがハクのいいところ。
ハクは無邪気な笑みを浮かべて俺の足元に腰を下ろした。
地面の上で胡座(あぐら)を掻いたハクはタバコをくわえた。
「なんか楽しいことねーかな？」
タバコの煙と共にハクが吐き出した言葉。

それは、ハクの口癖。
別に本当に楽しいことを探してる訳じゃなくて、ふとした時に口にする言葉。
それがどんなことを指しているのかは分かんねぇけど…。
でも、ハクが何かしらの刺激を求めてるってことは俺にも分かる。
なんでかって言うと…。
それは、俺も同じだから。
上手く言えねぇんだけど、俺達は心にある大きな穴を必死で埋めようとしてんだと思う。
ぽっかりと空いた穴を代わりのモノで塞ごうとしてんだ。
なにかに夢中になっている時は喪失感を忘れることができる。
今の俺達が夢中になれることって言ったら"刺激的で楽しいこと"ぐらい。
俺やハク、そしてここに集まる殆どの奴らが、飢えた獣のようにそれを求めていた。
「ナンパでもすっか？」
「…またかよ」
「あれ？　瑞貴くんは女が嫌いなんですか？」
ふざけた口調のハク。
でも、ハクは俺を怒らせたい訳じゃない。
それが分かっている俺は気にも留めなかった。
「…嫌いじゃねぇけど…」
「…けど？」
「…後が面倒くせぇ…」
「確かにな」
ハクは楽しそうに腹を抱えて笑った。
「…てか、ハク」
「ん？」

「お前、この前ナンパした女どうした？　告られたんだろ？」
「…あぁ、あれな…」
ピタリと笑いを止めたハクが気まずそうな表情を浮かべた。
「…？」
「…着拒中…」
言い難そうに呟いたハクに俺は溜息を吐いた。
「…またかよ」
ハクはよくナンパをする。
見た目も悪くないし、話も上手くて面白い。
だから、引っ掛からない女はまずいない。
しかもハクが声を掛けるのは、ナンパも出会いの一つだと思っているような女ばかり。
なぜかハクはそういう女にしか声を掛けない。
抵抗感なくついてくるような女を見極めて声を掛けるからハクのナンパ成功率は著しく上昇し、今では仲間内でもトップクラスの成功率を誇っている。
「…いや…違うんだよ」
「あ？　なにが？」
「俺も好きで着拒してんじゃねぇーんだよ」
「は？」
「いや、俺だって『コイツと付き合ってもいいかな』とか思うんだけど…」
「…けど？」
「付き合いだすと束縛してくんじゃん」
「束縛？」
「『今日も繁華街に行くの!?』とか…」
「…」
「『繁華街に何しに行くの!?』とか…」
「…」

「挙げ句の果てには『繁華街にナンパしに行くんでしょ!?』とか…」
「…間違ってはねぇじゃん…」
「おい、瑞貴!! ちょっと待て!!」
「…んだよ?」
「さすがに俺も彼女がいる時はナンパなんてしねぇーよ」
「…そうか?」
どんなにハクが自信を持って断言しても、今まで彼女がいた期間が10日間とか5日間とか3日間とか…
全く長続きしてないからそれが本当なのかどうかが判断できない。
「…あぁ…一応、付き合い始める時には思うんだ」
「なにを?」
「『大事にしよう!!』って」
「あぁ」
「でも、ここは俺達にとって特別な場所だろ?」
「…だな」
「本当は比べちゃダメなんだろーけど」
「…」
「女とこの場所だったら、間違いなく俺はこっちを取る」
そう言ってハクは親指で自分の後ろを指した。
ハクの親指の先には、楽しそうに盛り上がってる奴らの姿。
ハクが選ぶのは"繁華街"じゃなくて、"友達がいる繁華街"ってことはすぐに分かった。
友達を取るか女を取るか。

それは究極の選択だと思う。
ハクもそういうところが不器用って言うか…。
生真面目って言うか…。

器用に両立はできないらしい。
　"着拒"するハクを人は"最低な男"だと思うかもしれない。
でも、ハクの"着拒"は歪んだ優しさなんだと思う。
ハクは着拒よりも相手の女をはっきりと突き放すことの方が傷付けると思っている。
だから、着拒で自分への関心を薄れさせて自然消滅を狙っている。
そうやって相手がハクに抱く気持ちを愛情から憎しみに変えようとしている。
自分が最低な男を演じれば相手の傷も浅くて済むかもしれない。
そんなことを考えているに違いない。
それは、心に深い傷を持つハクらしい考えかもしれねぇーけど。
「…だったら、ナンパとか止めればいいじゃん」
「…だよな」
ハクは自嘲気味に笑った。
「結局、お前も傷付いてんじゃん」
「は？」
「相手の女も可哀想だけど、それ以上にお前も弱ってんじゃん」
「…」
ハクは驚いたように俺を見つめた後、俯くように視線を落とした。
しばらく、胡座を掻いた膝の上に置いた手を眺めていたハクが静かに口を開いた。
「…でもさ…」
「ん？」
「たまに、すげぇ寂しい時ってねぇーか？」
「寂しい時？」
「あぁ、1人で寝たくねぇ時。そんな時に誰かが隣にいてくれ

るとすげぇ落ち着く」
「…あぁ」
「…それに…」
「…？」
「僕も健康な男の子だから…ねぇ？」
「…」
顔を上げたハクはいつもと同じように笑っていた。
ハクが手当たり次第にナンパをするのは、間違いなく最初の理由。
まぁ、後の理由も多少はあるかもしんねぇけど…。
俺も男だから気持ちに関係なくそういうことに興味がいくのも分かる。
だけど結局はハクも寂しいんだと思う。
こうやって仲間内でバカ騒ぎするのは楽しい。
でも、たまに無性に寂しくなる気持ちもなんとなく分かる。
人肌の温もりが恋しいっていうか…。
人の温もりに包まれたいっていうか…。
ハクは、その温もりをナンパの相手に求めてんだと思う。
だけど、俺らと同じくらいの歳の女にそれを求めたところで理解されるはずもなく、結局体だけの付き合いって思った女がハクを束縛する。
束縛されたハクは、その女の気持ちを受け止めることができなくなりあっと言う間に終わりを迎える。
まさしく、負の連鎖。
悪循環の連続だ。
その原因を作っているのは間違いなくハクの"弱さ"。
弱さがねぇーと優しさは生まれねぇし、強くもなれねぇ。
…だけど…。
優しさや強さと違って弱さは隠そうとする分、人には伝わりに

くく、時として恨みを買うこともある。
「…お前、そのうち女から刺されんぞ…」
俺の忠告にハクは苦笑しながら「…だな」と呟いた。
手に持っていたタバコを車道に向かって弾き飛ばしたハクがそのタバコを見つめたまま言った。
「…刺されねぇように気を付ける」
「あぁ、そうしてくれ」
「でも、もし刺されたら見舞いの品持って毎日病院に来いよ」
「は？　見舞いの品？」
「もちろん、エロ本でお願いします」
「…お前、最低だな…」
俺の言葉にハクは、楽しそうに腹を抱えて笑い、そんなハクを見た俺も笑った。
「さて、瑞貴から貴重な助言ももらったことだし…今からどうすっかな〜」
ハクは胡座を掻いたまま大きな伸びをした。
空に向かって伸びるハクの掌を見ていた俺の視界の端に１人の女が映った。
何気なくそっちに移した視線。
そのまま俺の瞳はその女に釘付けになった。
外国の人形みたいに整った顔。
緩やかな波のような長い髪。
女にしては高い身長。
ただ歩いているだけでも人目を引くその容姿。
人目を引く派手な女なんて夜の繁華街では全然珍しくなんてない。
でも、その女は派手って感じじゃなかった。
服だって夜の闇に溶け込みそうな黒いワンピースに黒いサンダル。

化粧だって決して濃い訳じゃない。
それでも、アイツが人目を引いていたのは…。
「どうした？」
ハクの不思議そうな声が聞こえる。
「いや…別に」
そう答えながらも俺の視線がその女を放すことはなかった。
そんな俺の異変にハクが気付かないはずもなく…。
「なに見てんだよ？」
ハクが俺の視線の先を振り返った。
何度か俺とその女を交互に見たハクが
「…はぁ!?」
すっ呆けた声を出したけど、俺はそれをシカトした。
俺にシカトされたハクは再びその女を確認するように振り返った後…。
「…おい、瑞貴」
低い声を出した。
「…んだよ」
「お前が見てんのって女だよな？」
「…」
「まさか、その隣にいる見るからにあっちの世界のオッサンじゃねぇーよな？」
「…」
「止めとけって!!　いくらお前が暴れん坊でも本職には勝てねぇって!!」
「…」
「あっ!!　別に俺はビビってる訳じゃねぇーぞ」
「…」
「お前がどうしてもって言うなら俺も一緒に行くし…」
「…」

231

「よし‼　こうなったら一緒に入院すっか？」
「…ハク…」
「おう、どうした？　行くか？」
「…ちょっと黙ってろ…」
「はぁ⁉」
納得できねぇって声を出したハク。
そんなハクをシカトして俺は視線を動かした。
地面に座り込んで談笑中の奴らに視線を向ける。
その中にいるはずのそいつの姿を探して…。
茶髪の綿菓子みたいな髪の女。
「凛‼」
俺の声に凛はすぐにこっちに視線を向けた。
「な〜に？」
「ちょっと来い」
「今？」
「あぁ、3秒以内だ」
渋々と立ち上がった凛はダルそうに俺とハクに近付いてきた。
「なによ？」
ハクの隣に座り込んだ凛が俺を見上げた。
「お前、あの女知ってるか？」
俺は2人の背後を顎で指した。
ほぼ同時に後ろを振り返ったハクと凛が
「…やっぱり女かよ」
「どの子？」
同時に言葉を発した。
「あそこにいる黒いワンピースの女」
俺は、ハクの言葉をシカトして、凛の問い掛けに答えた。
「はぁ？　俺はシカトなのか？」
「…黒のワンピース…あっ‼　あの背の高い子？」

「あぁ」
「やっぱりシカトなのか？」
「話したことはないんだけど、最近よくこの辺にいるよ」
「ふ〜ん。歳は？」
「なんでシカトなんだ？」
「多分、私達とタメだよ」
「タメ？　上じゃなくてか？」
「シカトしてんじゃねぇーよ」
「うん。△△中の３年生。同中の子が言ってたから間違いないよ。殆ど学校には行ってないらしいけど…」
「俺らと"同類"か？」
「なぁ、俺も会話に入れろよ」
「…多分ね」
「どこかのチームとの関係は？」
「…寂しいじゃねぇーか」
「今のところはないと思うよ。誰かと話してるとこを見たことはないし、どちらかと言えば誰かとツルみたがるタイプでもなさそうだし…でも…」
「おい‼　俺にも構ってくれ‼」
「ハク‼　うるさい‼」
「ハク、うっせぇぞ」
「…‼」
「凛、『でも』の続きは？」
「時間の問題だと思うよ」
「どういう意味だ？」
「みんな狙ってる」
「…狙ってる？」
「あれだけ綺麗な子をその辺の男が放っておく訳ないじゃん」
「…」

「私が聞いてるだけでもかなりヤバイ奴の名前が結構な数あがってるよ。実際にはもっといると思うけど」
「ヤバイ奴？」
「チームの幹部クラスの男とか。あの子を巡って抗争が起きるかもよ」
凛はそう言って楽しそうに笑った。
「あの女を巡って抗争？」
低い声を出したのは俺じゃなくてハクだった。
「うん、抗争。モテる女は大変だよね」
「凛、お前楽しそうだな」
「そお？　私は心配してるんだけど、ハクには分からないんだろうな」
「心配？　凛、日本語は正しく使え」
「はぁ!?　正しく使ってんじゃん!!」
「バカか、お前は…本当に心配してるって言うのはな…」
「…？」
「こういうのを言うんだよ」
そう言ってハクは俺を指差した。
驚いた表情の凛と意味ありげな笑みを浮かべたハクが俺を見ている。
…。
…んだよ？
…この居心地の悪さは…。
「…瑞貴が…女の…心配…」
虚ろな瞳でぶつぶつと繰り返し呟く凛の瞳が
「…!!」
突然、輝いた。
…なんか、すげぇ嫌な予感がする…。
そう感じた瞬間、勢い良く立ち上がった凛は…。

「大変‼　こんな貴重なネタをゲットするなんて‼　みんなに報告しなきゃっ‼」
興奮気味に喚いた。
…おい、おい…。
勘弁しろよ…。
「…ちょっと待て」
俺は今にも走り出しそうな凛の手首を掴んだ。
「なによ⁉」
行動を阻止された凛が不満そうな声を出す。
…なんでお前が不満そうなんだ？
おかしいだろ？
どう考えてもこの状況を不満に思うのは俺じゃねぇか？
「…お前、今から何をしようとしてる？」
「はっ⁉　なに言ってんの瑞貴？」
「あ？」
「こんな面白い話、早くみんなに教えてあげないと‼」
…。
…いや…。
俺だって分かってたんだよ。
凛がこういう奴だって…。
…でもさ、ちょっと期待とかしてたりすんだよ。
もしかしたら、口だけで実際にはそんなことしねぇかもって…。
確かに、立ち上がった凛は慌てた様子でどこかに行こうとしていた。
…してたけど、それが俺の想像通りとは限らねーじゃん。
もしかしたら便所に行きたくなったのかもしれねぇし…。
そうじゃなかったら、喉が渇いたから飲み物でも買いに行こうと思ったかもしれねぇし…。
…なんてな。

どうやら、俺のその考えは甘かったらしい。
「…教えなくていい」
「なんで!?」
「全然、おもしろくねぇよ」
「いや、かなりおもしろいって!!」
「…おもしろがってんのはお前だけだろーが」
「うん、今はね」
「は?」
「だから私がみんなに教えてあげるんだってば!!」
「…」
たまに…凛の言ってることが理解できねぇ時がある。
まさしく、今がそうだ。
この状況でおもしろいのは間違いなく俺じゃねぇよな?
確かに凛や凛の話を聞いた奴は楽しめるかもしれねぇ。
こういう話は他人のこととなればそれだけでおもしろくなる。
でも、そうなったとしても俺は全く楽しくもねぇし、おもしろくもねぇ。
俺には利点なんてこれっぽっちもねぇじゃん。
利点どころか損するんじゃねぇか?
「…マジで止めてくれ…」
「いや!!」
「…マジで勘弁…」
「無理!!」
…コイツ…。
マジで手に負えねぇ…。
俺は溜息を吐いた。
なんで俺がこんな目に合うんだよ?
マジで納得できねぇんだけど…。
大体こうなったのもハクが余計なことを言ったからじゃねぇか。

…てか、えらく大人しくねぇか？
いつものハクなら、凛に負けねぇくらい騒ぐはずなのに…。
俺は視線を動かした。
「…ハクはどこだ？」
ついさっきまでそこにいたはずのハクの姿がない。
「は？　ハクなら…」
俺に手首をガッチリ掴まれている凛が反対の手で指差した。
その指先を辿った俺は
「…‼」
絶句した。
…しくじった…。
凛の相手に夢中になり過ぎて全く気付かなかった。
いつの間にか俺達の傍を離れたハクは女に声を掛けていた。
さっき話したばかりだと言うのに…。
ハクは相変わらずだった。
まぁ、このくらいでハクがナンパを止めるはずなんてねぇーけど。
もし、俺が忠告したくらいで止めるなら、ハクも最初からナンパなんてしねぇだろうし…。
だから、それはいい。
ハクがナンパをしたいなら好きなだけすればいい。
…けど…。
問題はハクが声をかけている相手だ。
なんでハクがあの女に声を掛けてんだ？
「早く行った方がいいよ」
凛がニッコリと微笑んだ。
…いや…。
これはニッコリじゃなくてニヤリだな…。
天使の微笑みに見せかけた悪魔の微笑。

…コイツ…。
今度は何を企んでやがる？
「あ？」
警戒している俺の声は自然と低くなった。
「…ハクはヤバイと思うよ」
「ヤバイ？　なにが？」
「瑞貴も知ってるでしょ？」
「だからなにがだよ？」
「ハクのナンパ成功率」
「…」
「こんな時間にこんな場所にいる女がハクの毒牙に掛からない訳ないじゃん」
「…」
「早く行けば？」
「…」
「あっ!!　別に強制してる訳じゃないよ」
「…」
「瑞貴がいいなら私は全然構わないし…」
「…」
「ハクが誰に声を掛けようが…」
「…」
「それがきっかけで２人が仲良くなろうが…」
「…」
「いつの間にか２人がどこかに消えようが…」
「…」
「そこから、２人の関係が深くなろうが…」
「…」
「何日か後にハクの着拒リストの名前が増えようが…」
「…」

「ハクの行動にあの子が傷ついて泣こうが…」
「…」
「私には全然関係ないから」
「…」
ハクとあの女が…。
なんだこの胸騒ぎは…。
…いや…。
いくらハクのナンパ成功率が高確率だと言っても…。
100％って訳じゃねぇーし。
アイツだって収穫なしの時だってあるし…。
…それに…。
あの女はハクの得意分野じゃねぇじゃん。
凛だって言ってたじゃねぇか。
「みんな狙(ねら)ってる」
でも、よくよく考えてみればそれだけ狙われているにもかかわらず、未(いま)だに誰も落とせてないってことは…。
きっとあの女はナンパ嫌いな女に違いない。
残念ながらハクのナンパ成功は今晩下がってしまうらしい。
…ドンマイ、ハク…。
俺は心の中で楽しそうに笑うハクに向かって手を合わせた。
「あれ？　行かないの？」
タバコを取り出した俺を不思議そうな表情で見つめる凛。
「あぁ」
「はぁ？　なんで？」
「なにが？」
「なんで行かないの？」
「なんで行かないといけねぇんだ？」
「だってハクだよ？　ハクがあの子に声を掛けてるんだよ」
「…だな」

「はぁ⁉　なんでそんなに冷静なの？　全然面白くないじゃん‼」
「…」
…とうとう本音が出たな。
ふてくされてる凛を軽くシカトして俺はタバコに火を点けた。
「…はぁ…全然面白くない…」
「…」
「ハクとあの子はあんなに楽しそうなのに…」
「…」
は？
楽しそう？
確かに、ハクはさっきから笑ってるけど…。
あの女は鬱陶しそうな顔をして…ねぇじゃねぇーか…。
衝撃の事実に気付いた俺はくわえていたタバコを落としたことにも気付かず呆然とその光景を眺めていた。
「危なっ‼」
「…」
膝の上に落ちたタバコを俺の代わりに慌てた様子で叩き落としている凛。
「熱っ‼」
「…」
凛は眉間に深いシワを刻みながら俺の膝をバシバシ叩いている。
「…全く…」
「…」
「火傷したらどうすんのよ？」
「…」
…おい…。
「火の点いたタバコを落とすくらい動揺してるくせに…」
「…」

…膝が…。
「格好付けてんじゃないわよ」
「…すげぇ痛ぇんだけど…」
いつまでも凛にバシバシと叩かれていた俺は我慢できなくなりそう言ったのに…。
「はぁ⁉」
凛は不機嫌な声を出して俺を睨んだ。
…ちょっと待て…。
なんで俺が睨まれてるんだ？
ここは、凛が怒るところじゃねぇだろ…。
俺は「痛ぇ」って正直に言っただけだし。
どっちかと言えば俺は被害者だろ。
「…」
「…」
無言で俺を睨む凛とそんな凛を見つめる俺。
無言の時間がしばらく流れ、
「…もう‼」
凛が呆れたように溜息を吐いた。
「…」
「もう少し頑張れば？」
「…」
はぁ？
頑張る？
何を？
「瑞貴がどうしてもって言うなら協力してあげないこともないけど？」
「…協力？」
「仕方ないなぁ～。そんなに言うならこの凛様が意気地なしの瑞貴くんを助けてあげるしかないね」

241

「…別に何も言ってねぇし、頼んでもねぇけど」
「まぁ、ハクの毒牙からあの子を救えるのは私くらいのもんだろうし」
「…本当に助けようと思ってんのかよ…」
「ほら、私ってかなりいい奴じゃん？　困ってる子がいたら放っておけないっていうか」
「…お前がいい奴かどうかは微妙だけどな…」
「それに綺麗な子が困っていたら助けなきゃって思うんだよね」
「…別に困ってはねぇだろ。すげぇ笑ってるし…」
「綺麗な男も女も大好きだし」
「あぁ、そう言えばアイツもキレイな顔をしてたな」
「そう、そう。基本的に綺麗な顔の子としか仲良くしないから」
「…お前、最悪だな」
「そう？　ありがとう」
「…全然褒めてねぇし…」
「あら、残念。…で？」
「あ？」
「アイツって誰のこと？」
「…」
「…？」
「…今更それかよ」
「ねぇ、誰のこと？」
「名前が出て来ねぇ」
「はぁ？」
「キャバで黒服してる…」
「黒服？」
「先輩」

「…」
「お前が惚れてる…」
「…⁉」
「…男」
「…‼」
やっと黙らせた。
弱点を人に見せない凛。
そんな凛にも大きな弱点がある。
繁華街のキャバで黒服として働いている"先輩"
名前は確か…。
…。
…。
…なんだったっけ？
チャラい見た目とは正反対の名前。
歴史の教科書に登場しそうな名前。
「リョウマだったか？」
「…」
「いや、違ぇーな。タカモリだっけ？」
「…ムサシ…」
「あぁ‼　それだ、それ。ムサシだムサシ」
「…」
「見た目はあんなに軽そうなのに、なんで名前はそんなに古風なんだ？」
「…先輩のおじいちゃんが剣道の先生だから…」
「なるほどな。じゃあ、"ムサシ"先輩も剣道強ぇのか？」
「…剣道に限らず棒状のモノを持たせたら最強…」
「最強？」
「…うん…」
「例えば？」

「…高校生の時、上級生の集団にトイレに呼び出されてたまたまそこにあったモップで全員病院送りにしたり…」
「…」
「今働いてるキャバの前の店でチンピラが嫌がらせに来た時、ホウキ一本で撃退したり…。先輩の伝説は挙げ始めたらキリがないの」
「…マジですげぇな…」
「…うん…」
「なんでそんな奴に惚れたんだ？」
「顔」
「…」
「…それと…」
「…？」
「見た目に反して意外にもチャラくなくて真面目なところ」
「へぇ～。そうなのか？」
「うん。ああ見えて女友達も少ないし…」
「マジで!?」
「ケイタイのメモリーにも女の情報はほとんど入ってなかったりするの」
「なんでお前がそいつのケイタイ事情まで知ってんだよ？」
「…見せてもらったことがある」
「はぁ？　勝手に見たんじゃねぇーだろうな？」
「そんなことしないし‼」
鼻の穴を膨らませて否定した凛。
…。
…。
確かに…。
凛はそんなことをするような女々しい女じゃない。
一緒にいると、たまに「実はコイツは男じゃねぇか？」と思う

ことがある。
…たまに。
…しばしば。
…頻繁に。
…まぁ、だから俺達と付き合っていけるのかもしれねぇけど…。
凛は俺やハクにとって女じゃない。
凛と恋愛ができるかって聞かれたら…。
それは、無理。
外見がタイプじゃないとか、性格がどうとかの話じゃなくて…。
凛は友達。
俺にとってハクが気の合う友達であるように、
凛も俺にとって大切な友達。
異性同士の間には友情なんて存在しない。
よく耳にする言葉。
だけど俺はそうは思わない。
確かに凛と知り合うまでは俺もその言葉の内側にいた。
その頃、俺が女っていう生き物に持っていたイメージは…。
ギャーギャーうるさくて…。
気分屋で…。
自己中で…。
そのクセ自分が都合が悪くなったらすぐに泣く。
泣けば自分の思い通りになると思っている。
まぁ、そんな女ばかりじゃねぇのかもしれねぇけど…。
俺にそんなイメージを植え付けたのは、それまで俺に関わって
きた女達だった。
…あの女も含めて…。
俺の記憶に僅(わず)かに残るあの女も…。
泣きながら喚(わめ)いていた。
親父が泣き喚くあの女に面倒臭そうに言い放った。

「そんなに嫌なら出て行け」
その翌日、俺が幼稚園に行っている間にあの女は消えた。
「瑞貴」
「なぁに？ お母さん」
「今日の夜はレストランに２人でご飯を食べに行こうか？」
「本当⁉」
「ええ。何を食べるか考えててね」
「お子様ランチ‼」
「はい、はい」
「お母さん、約束だよ‼」
「うん、約束ね」
…その約束が果たされることはなかった。
あの女は笑顔で交わした約束を平然と破り俺の前から消えた。
幼いながらに約束を破られたことが信じられなかった。
悲しさ…。
悔しさ…。
寂しさ…。
果たせねぇ約束なら最初から口にしなければいいのに…。
月日を追うごとに母親の声も顔も…
記憶は薄れるのに、
その時、感じた感情は今でもはっきりと思い出すことができる。
結局、母親が俺に残したのは嫌悪感だけ。
その嫌悪感は女に対する警戒心を俺に植え付けた。
…女なんて面倒くせぇ。
そうは思っていても女と関わらずに生きていくなんて無理な話で…。
俺が選んだのは適当に女と接する道だった。
笑顔で言葉を交わしてもどこかで警戒をしていた。
身体を重ねる夜を過ごすことがあっても俺の心の中にまでは踏

み込ませることはなかった。
そうすることで俺は自分自身を守ろうとしていた。
あの時みたいに消えない傷を負いたくない。
そんな俺の考えを覆（くつがえ）してくれたのが凛だった。

◆◆◆◆◆

凛もハクと同じように友達の友達だった。
クリクリとまん丸の瞳を輝かせた凛は小型犬を連想させた。
「瑞貴、よろしく‼」
初対面にもかかわらず馴（な）れ馴れしい凛に警戒心満々の俺。
「なんで女なんか紹介されねぇといけねぇんだよ？」
キレかけた俺に凛を紹介した友達は言った。
「アイツは女じゃねぇーよ」
「はぁ？　女じゃない？」
「あぁ」
そうは言われてもどこからどう見ても凛は女だった。
小さな身体をキャミとミニスカートで包み、
綿菓子みたいな茶色い髪。
メイクで隠した幼さの残る顔。
一緒にいる女に比べたら頭一個分くらい小さな身長。
楽しそうに笑う声も、
はしゃいでいる声も、
女そのもので…。
一瞬、女の格好をした男かと思ったりもしたけど…。
「…どう見ても女じゃねぇか…」
「いや、違う」
なんでこんなに自信満々なのかが全く分かんねぇけど…。
どこからどう見ても女の凛をそいつは女じゃないと言い張る。

その言葉が全く理解できない俺は、挨拶を交わすだけで他の女と同様に凛とも距離を取っていた。
紹介されてから凛は毎日のように溜まり場に顔を出すようになった。
凛は俺の姿を見つけた瞬間、すげぇ勢いで近寄って来る。
その姿はおもちゃを見つけた小型犬そのもので…。
「瑞貴、元気？」
まん丸な瞳を輝かせて…。
「あぁ」
…こいつ、本当は尻尾があるんじゃねぇーか？
そう思わずにはいられなかった。
凛は俺だけじゃなくみんなに声を掛けていた。
人懐っこい笑顔と明るい性格であっという間にこの空間に溶け込んだ。
男にも女にも…。
タメも年下も年上にも…。
相手が誰であろうと変わることのない態度。
凛がそこにいなくてはならない存在になるのに時間は掛からなかった。
そんなある日のこと。
いつものように溜まり場にいた俺は、最新号の雑誌を眺めていた。
その場にいる誰もがいつもと同じように時間を過ごしていた。
ただ一つ違ったのは…。
そこにうるさすぎる声が聞こえなかったこと。
そして、俺がここに顔を出しても駆け寄ってくるアイツがいなかったこと。
初めて顔を合わせたあの日以来。
凛が溜まり場に姿を見せなかった日はなかったし、

あのテンションの高い声が聞こえない日もなかった。
あんなにうるさいと思っていたのに…。
あんなにウザイと思っていたのに…。
いざ凛がいないと静かすぎて…。
なぜか寂しく感じた。
俺は見ていた雑誌を置いた。
「…なぁ」
すぐ傍(そば)にいたそいつに話し掛けた。
「ん？」
マンガを読みながら返事をしたそいつは俺に凛を紹介してくれた奴で…。
「…アイツ、今日は来ねぇのか？」
「アイツ？」
読んでいるマンガから視線を動かさずにそいつは不思議そうな声を出した。
「…り…」
「ちょっと悪(わり)ぃ…はい？」
「凛は来ねぇのか？」
そう尋ねようとしたけど…。
微妙なタイミングでそいつのケイタイが鳴った。
俺の質問は遮(さえぎ)られ、会話は一時保留となった。
「…あぁ…うん…」
漫画を見つめながらダルそうに話していたそいつが
「…はぁ!?」
突然でけぇ声を出し
「分かった、すぐに行く」
慌(あわ)てたようにケイタイを閉じた。
「おい、瑞貴!!」
そいつは手に持っていたマンガ本を放り投げ勢い良く立ち上が

り
「あ？」
「行くぞ!!」
なぜかそいつは瞳を輝かせていて…。
「は？　どこに？」
全く状況が理解できない俺に
「凛が女じゃないって証明してやる!!」
意味不明な言葉を自信満々に言い放った。
「…意味分かんねぇ」
「とにかく来いって!!」
そいつは俺の腕を掴むと溜まり場の出口へと向かう。
「…おい」
「ん？」
「俺は逃げねぇからとりあえず腕を放せ」
「は？　…あぁ…悪い」
やっと解放された俺の腕。
なんでこいつがこんなに焦っているのかは分からねぇけど…。
どうしても凛が女じゃないことを証明したいらしく。
女の凛を女じゃねぇなんて証明できるはずねぇだろーがと思いつつも、別にヒマだからこいつに付き合ってやるかみたいな気持ちで溜まり場を出た。
溜まり場の外には今、来たばかりらしいハクがいて
「ど…どうした？」
不思議そうに俺達を見ている。
「ハク、お前も来い!!」
そいつはそう言い残して走り出した。
夜を迎えようとしている繁華街へと向かって。
「なんだ？　なにがあった？」
ハクが走り去るそいつの背中を見ながら尋ねてくる。

「…俺もよく分かんねぇんだけど…」
「あ？」
「凛が女じゃねぇ証拠をみせたいらしい」
「は？　凛は正真正銘女だろーが」
「あぁ、俺もそう思うんだけど…」
「瑞貴‼　ハク‼　なにやってんだ？　早く来いよ‼」
俺達がついて来ていないことにやっと気付いたらしいそいつが焦ってる感満載の声で叫んだ。
焦ってる感満載な声はどこか楽しそうで、その声が繁華街に響き、道行く人がそいつに視線を向けている。
「どうする？」
ハクが俺に視線を向けた。
「俺達がこのままあっちに走り出したら、あいつは怒ると思うか？」
俺は叫びながら俺達を見ているそいつがいる方とは反対の方を指差した。
「…あぁ、間違いなく全力疾走で追い掛けて来るだろうな」
「お前、今から全力疾走してぇか？」
「…悪い、俺さっき起きて飯食ったばかりなんだ…」
「じゃあ、全力疾走は無理だな」
「あぁ、全力疾走は勘弁してくれるとありがたい。…それに…」
「…？」
「"凛が女じゃねぇ証拠"ってのを見たい気もする」
ハクの気持ちはなんとなく分かる。
凛は女。
それは紛れもない事実。
俺がその事実を信じることはあっても疑う気は更々ない。
…だけど…。

"凛が女じゃねぇ証拠"ってのは気にならなくもない。
「行ってみるか？」
「あぁ」
俺とハクは闇(やみ)が支配しようとしている繁華街に向かって足を踏み出した。
確かハクが全力疾走は無理って言っていたはずなのに…。
なぜか俺とハクは繁華街のメインストリートを全力疾走している。
その原因は俺とハクの数歩前を全力疾走しているこいつのせい。
何をそんなに急いでいるのかは分かんねぇけど…。
"凛が女じゃねぇ証拠"を見るためにはこいつについて行かないといけなくて…。
いつもと変わらない繁華街。
いつもと変わらないってことは人が溢(あふ)れているってことで…。
そんな所を全力疾走するのは容易なことじゃない。
前も後ろも右も左も…。
四方八方を人に囲まれている状態。
そこを全力で走り抜けられるのは…。
俺達の前を走るコイツが
「オラァ!!　退(ど)け!!」
「道空けろ!!　コラ!!」
叫んでいるから。
繁華街に響き渡るドスの利いた怒声に行き交う奴らが驚いたように道を空けていく。
全力疾走しながらこれだけ声が出せるコイツを俺はある意味尊敬する。
しばらく走ると公園の噴水が見えてきた。
繁華街のど真ん中にある公園。
最近、緑化計画とかなんとか言って自分の好感度を上げるため

に権力を持った大人が作った新しい公園。
休日の昼間には親子連れやカップルで賑わっているけど、夜になると俺達みたいな奴らやナンパしたい奴やナンパされたい奴が集まる場所へと変わる。
でけぇ噴水はこの公園のシンボルみたいなモノで日がくれるとライトアップされる。
その噴水の前にできた人集り。
そこでやっと足を止めたそいつは
「…退けよ」
人集りに向かって低い声を出した。
威圧的な声に振り返った若い男が道を譲る。
人集りの中心に足を進めるとそこにいたのは凛だった。
いつも笑顔を絶やすことのない凛が険しい表情で立っている。

そんな凛の視線の先には男が２人。
凛の険しい表情とは対照的にそいつらは笑みを浮かべこの状況を楽しんでいるようにも見える。
凛の後ろには女が２人。
完全に怯えきったような表情。
この状況を見る限り決していい状況とは言えない。
「…良かった。間に合った」
俺とハクをここに連れて来た張本人が安心したように呟いた。
「なぁ、これって…」
ハクが凛に視線を向けたまま口を開いた。
「あぁ、モメたらしい」
「はぁ？　モメた？　なんで？」
「凛の後ろに女がいるだろ？　初めはあいつらが絡まれたらしい」
「…ナンパか？」

「…あぁ」
「なんでお前が事情を知ってんだよ？」
ハクと話していたそいつに俺は尋ねた。
コイツはずっと俺と溜まり場にいたはずだ。
「さっき連絡をもらった」
「誰に？」
「知り合い」
「そいつはどこにいる？」
「この中のどこかに紛れてんじゃねぇか？」
「なんですぐに助けねぇんだ？」
この状況の原因を聞く限り凛に落ち度はない。
むしろ絡まれた友達を庇ってんだ。
相手は男。
背の低い凛は余裕で見下ろされてるし…。
しかも、2人。
凛の後ろにいる女は怯えていて身動きひとつしない。
男2人相手じゃ凛ひとりがどんなにイキがっても結末は見えてる。
「…俺が行く」
俺の言いたいことを理解したらしいハクがそう言って凛達に近付こうとした瞬間…
「…止めとけ」
そいつはハクの腕を掴んだ。
「あ？」
珍しく低い声を出したハク。
「必要ねぇーよ。それに凛も手を出されたくねぇはずだ」
俺達よりも凛との付き合いが長いそいつの言葉には妙な説得力があり、ハクは俺に視線を向けた。
その瞳は「どうする？」って感じで…。

ハクが俺に向ける視線に気付いたそいつが
「助けに入るのは凛が本当にヤバくなってからでもいいだろ？」
余裕すら感じる口調で宥めるように言った。
…まぁ、確かに…。
今、この瞬間に凛が危険な目に合ってる訳じゃねぇし…。
凛が周りに助けを求めてる訳でも強がって平静を装ってる訳でもない。
この距離にいればいざという時にすぐに助けに行くこともできる。
それに、こいつが俺達に何かを見せようとしているのは一目瞭然で、多分それが凛の"女じゃない証拠"に関係があることも分かる。
俺はハクに向かって小さく頷いた。
それを見たハクは凛に視線を戻した。
ポケットに両手を突っ込んだハクは黙って凛を見つめている。
俺達が見守るように凛を見つめ始めて数分後。
状況は俺達の予想通りの展開を見せた。
張り詰めた空気の中、言葉を交わした凛と男達。
「女のクセにイキがってんじゃねぇよ」
男の１人がそう言って凛の肩を突き飛ばした。
その瞬間、凛は動いた。
…結局、俺やハクの出番はなかった。
自分より体格のいい男２人相手に凛は圧勝だった。
あっという間に男を動けなくした凛は肩で呼吸はしているけど、かすり傷ひとつない。
その光景を呆然と見つめている俺とハク。
もちろん周りの野次馬達だって「…信じられない…」って表情をしている。

そんな空気の中、まるでこうなることが分かっていたかのように
「な？　手助けなんて必要なかっただろ？」
楽しそうな表情の奴が１人。
「…」
「…」
驚きの余り言葉が出てこない俺とハク。
「あいつケンカで負けたことが一度もねぇんだ」
「は？」
「あ？」
俺とハクが同時に声を発した。
「…一度も？」
「あぁ、相手が男でも女でも絶対に負けない」
そいつのその言葉が信じられなかった。
凛の動きはケンカ慣れしてる奴の動きだった。
…ってことは、何度もケンカをしてるってことで…。
回数をこなしているのに負けたことがないはずがない。
俺だって負けたことはあるし、
もちろんハクだって…。
ケンカなんてそんなモノだ。
回数をこなせば負ける率だって増える。
今までケンカで負けたことのない奴なんて会ったことがない。
「ケンカで負けたことがないことが"女じゃねぇ証拠"なのか？」
「ん？　…まぁ俺的にはそれだけでも充分、男前で女にしとくのはもったいねぇと思うんだけど…」
そう言ってそいつは涙を浮かべている女達の頭を撫でている凛に視線を向けた。
「さっきあの男達が地雷を踏んだのに気付いたか？」

「地雷？」
「凛が大嫌いな言葉をあいつらが言ったんだ」
…凛が大嫌いな言葉？
俺は記憶を辿った。
…もしかして…。
「…"女のクセに"か？」
「瑞貴くん大正解‼」
てっきり肩を突き飛ばされてキレたと思ってたけど…。
どうやら違ったらしい。
「"女のクセに"って言葉は禁句だ。もし、あいつを本気でキレさせたいなら効果抜群だけどな」
「…」
「…」
「あいつも"傷"を持ってんだよ」
「傷？」
「あぁ、普通の女は女であることを武器にすんだろ？　でもあいつは絶対にそんなことしねぇ」
「どういう意味だ？」
「あいつはガキの頃から"女のクセに"って言葉を聞いて育ってきた」
「…？」
「あいつの親父さんはすげぇ古風な人だったらしくてよ。女を見下したような扱いをする人だったらしい」
「…」
「何かある度にお袋さんや凛に"女のクセに"って言ってたらしい。あいつは知ってたんだ。親父さんにそう言われた後、お袋さんが誰もいない部屋で泣いてたことを…」
「…」
「…そのことが直接の原因かどうかは分からねぇけど…」

「…」
「精神的に弱ったお袋さんはある日突然、凛の前から消えた」
「…出て行ったのか？」
「…いや…」
「…？」
「…自殺…したんだ…」
「…!!」
「お袋さんが亡くなってからだ。凛がその言葉に異常に反応をするようになったのも、実家に近寄らなくなったのも…」
「…」
「でもさ、あいつはあいつなりに努力してんだよ」
「努力？」
「ケンカで絶対に負けねぇのも、人前で絶対泣かねぇのも、どんなことでも必ず自分で解決しようとすんのも、全部"女のクセに"って言われたくねぇからだ」
「…」
「そんな凛を俺はかっこいいと思うし、いい意味で女じゃねぇって思ってる」
そいつはそう言って凛を眩しそうに見つめた。
「…確かに女じゃねぇな」
「あぁ」
俺の言葉にハクが頷いた。
「だろ？」
そいつは嬉しそうな笑みを浮かべた。
「凛!!」
ハクがでけぇ声を出した。
その声に凛は辺りを見渡し俺達に視線を留めた。
「ハク!! あっ!! 瑞貴もいる!! コウダイまで!! みんな揃ってどうしたの!?」

258　R.B ～温もり～

女2人の手を引いて近付いて来た凛は首を傾げ不思議そうな表情で俺達を見上げている。
「瑞貴とハクがお前がなかなか溜まり場に来ねぇから迎えに行くってうるさくってよ…」
「え？　瑞貴とハクが!?　マジで!?　そっか～2人共、私がいなくて寂しかったんだね。よし!!　溜まり場に帰ろう!!」
嬉しそうに歩き出した凛の後ろ姿を見て俺達は顔を見合わせて吹き出した。

◆◆◆◆◆

「…瑞貴…」
「…」
「瑞貴？」
「…」
「瑞貴ってば!!」
「…あ？」
「どうしたの？　ボンヤリして。具合でも悪いの」
「いや…なんでもねぇよ」
「そう？　調子悪いならすぐに言いなよ？」
「あぁ」
「それでどうすんの？」
「なにが？」
「あの子」
凛が指差したのはあの女だった。
「…」
どうする？って聞かれても…。
「…あの子も寂しいのかな？」
呟くように言った凛。

「あ？」
「私達みたいに居場所と温もりを求めてるのかもしれないね」
凛の言葉は俺を動かすには充分な言葉だった。
ガードレールから腰を上げた俺に
「瑞貴？」
凛が驚いたような声を出した。
「お前も来いよ」
「えっ？」
「綺麗な顔の奴が困ってたら放っておけないんだろ？」
「…うん‼」
近付くにつれて聞こえてくるハクと女の声。
その声は見た目と同じ落ち着いた声だった。
近付く俺達に先に気付いたのは女だった。
女の顔から笑みが消え俺達を警戒しているのが分かる。
それに気付いた俺は自然と立ち止まった。
「…瑞貴？」
俺の一歩後ろを歩いていた凛が隣で足を止めた。
「…どうしたの？」
不思議そうに首を傾げていた凛が俺と女を交互に見て
「私に任せて‼」
瞳を輝かせた。
「あ？」
「大丈夫だって‼　安心して私に任せてて‼」
…。
…いや…全然安心できねぇんだけど…。
そんな俺の思いを他所に凛は俺の腕をガッチリと掴んだ。
…⁉
そして、徐にハクと女の間に割って入った。
「初めまして‼」

突然の凛の行動に女の顔が微妙に焦っている。
「私、凛。あなたは？」
「…綾」
「綾、よろしく‼」
凛は俺の腕を放すと今度は綾と名乗った女の右手を掴んだ。
そして、勢い良く上下に振った。
綾の顔が明らかに引き攣っている。
でも、凛はそんなことお構いなしで機関銃の如く言葉を発した。
「綾、これ瑞貴ね。そんで、これがハク。あっ‼　ハクは紹介しなくても知ってるか」
「う…うん…」
「私達、綾とタメだから仲良くしようね」
「えっ⁉　…えぇ…」
「居場所がないなら私達の所においでよ」
凛のストレート過ぎる言葉にその場にいた全員が固まった。
張り詰めた空気さえ感じる中、凛だけが人懐っこい笑みを浮かべている。
そんな凛をまっすぐに見つめている綾。
俺とハクは息を飲んで2人を見つめていた。
「1人だと寒いでしょ？」
「…えっ？」
驚いた表情の綾。
でも、それは当然と言えば当然で…。
今は7月。
鬱陶しかった梅雨もようやく終わりを告げ、ようやく夏の到来を感じる時期。
そんな時期に寒い訳もなく…。
どちらかと言えば暑い。
だから、凛の話す日本語は明らかにおかしくて、綾が不思議そ

うな表情を浮かべるのも当たり前だった。
「おい、凛。お前の日本語おかしくねぇか？」
俺と同じことを思ったらしいハクが呆(あき)れたように言った。
「えっ？　そう？」
意味不明な言葉を口にした凛が首を傾げている。
「今は７月だぞ？　寒い訳ねぇーじゃん」
「…ハク…」
「あ？」
「あんたバカでしょ？」
「…なっ!?」
きっと誰が聞いてもバカなのは凛だと言うはずなのに…。
そんな凛にバカ呼ばわりされた気の毒なハクはショックの余り言葉さえも失っている。
「寒いのは体感温度じゃないわよ」
「は？」
「寒いのは…ここだよ」
凛が指差したのは左胸だった。
…なるほどな。
凛の言いたいことを理解した俺は珍しく凛を尊敬した。
凛が言いたいのは「１人だと心が寒い」ってこと。
季節に関係なく寂しいと心が冷える。
凛は多分それを言いたいんだと思う。
その寒さを経験したことのある凛だからこそそう言える言葉。
凛の言葉はしっかりと綾にも伝わったらしく
「…そうだね」
綾が寂しげに微笑んだ。
その横顔から俺は目が離せなくなった。
「…それなら来ればいいじゃん」
俺の口から自然と言葉が零(こぼ)れた。

「ほら、綾‼　瑞貴もああ言ってるんだから‼　結構、温かいよ」
「…？」
「みんなでいると温かい」
凛の言葉に綾が小さな声で呟いた。
「…ありがとう…」

◆◆◆◆◆

あの日から月日は流れて俺達は高校生になった。
こいつと同じクラスだと分かった時、俺が心の中で思わずガッツポーズをしたことも…。
初めてこいつの制服姿を見た時思わず見惚れてしまったことも…。
こいつに想いをぶつけて抱いた時、思わず涙が溢れそうになったことも…。
こいつの寝顔を見る度に思わずその頬にキスをしたくなることも…。
…こいつは知らない。
校内にある空き教室。
窓の外は陽が落ち、辺りは暗くなりつつある。
さっきまで聞こえていた部活中の生徒の声がいつしか聞こえなくなっていた。
ソファに座った俺の膝の上にすやすやと眠っているこいつ。
午後の授業開始のチャイムと同時に眠りに落ちまだ起きない。
軽く５時間以上も寝返りひとつせず眠っているこいつ。
…そろそろ起こすか…。
そう思ったのは１時間前のこと。
今日、こいつはバイトに行く日。

一度、家に帰って準備をするならそろそろ起こしてやらないといけない。
…でも、もう少しこいつの寝顔を見ていたい気もするし…。
できればバイトに行かせたくない。
それは俺の完全な独占欲。
自分でも分かっているけど…。
俺はこいつを起こすことができなかった。
結局、この時間までずっと…。
弱い自分に嫌気がさす。
そんなことをしても結局困るのはこいつじゃねぇーか。
もう一人の俺がそう囁く。
…別に俺はこいつを困らせたいわけじゃない。
弱い自分を振り切るように俺は頬にキスを落とした。
唇に柔らかくて温かい感触を感じ、俺はゆっくりと唇を離した。
「…綾、ずっと俺の傍にいろよ…」
俺の小さな声が、眠っている綾に届くことはない。
…これから先もずっと…。
俺はゆっくりと綾の頭を撫でた。
柔らかい髪が俺の指に絡みつく。
「…綾…」
その時今まで身動きひとつしなかった綾が
「…ん…」
微かに動いた。
ゆっくりと開く瞳。
そんな綾に俺は平静さを装って声を掛けた。
「やっと起きた」
俺が呆れたような口調だったのは、弱い自分を綾に見せたくなかったから…。
「今、何時⁉」

焦っている綾に感じる罪悪感を隠しながら俺は答えた。
「19時過ぎ…」
「はぁ!?」
「んだよ？」
「…バイト…」
「あ？」
「バイトに行かないと!!」
「…」
「もう!!　なんで起こしてくれないのよ!!」
「はあ？」
そう言いながら俺は心の中で綾に謝った。
きっと、こいつは気付いていない。
俺がどんなに綾のことを想っているのか…。
俺がどんなに綾のことを好きか…。
…だけど…。
それでもいい。
この先ずっと綾が気付かないとしても…。
ただ傍にいてくれるだけで…。

俺の心の中は温かい。

番外編　温もり【完】

◆あとがき◆

この度(たび)は、R.B〜 Red Butterfly〜を手に取り読んで下さってありがとうございます。

初めましての方も
桜蓮をよくご存知の方も
桜蓮ワールドにどっぷりと浸(ひた)かってくださっている方も
皆様にご挨拶(あいさつ)させてください。

こんにちは‼ 桜蓮です♪

"深愛シリーズ"に引き続き、深愛のスピンオフ作品であるこの作品でも皆様にお逢(あ)いすることができたことをとても嬉しく思います。

この作品を文庫化してくださったピンキー文庫様、本当にありがとうございます‼

さて、この物語は蓮の父親である響さんと"恐怖の女王"という異名(笑)を持つ綾さんとの恋のお話です。

実はこの作品、深愛を執筆当時から書きたい‼と考えていて深愛の完結を待たずにフライング気味に書き始めた作品でもあります(苦笑)
最初は脇役だった響さんと綾さんですが、深愛を書いているうちに愛着が湧き、気が付くと2人の出会いのエピソードが頭の中ででき上がってしまっていました。

そして生まれたのがこの物語です。
最後までお楽しみいただけると嬉しいです。

さてさて、今まで発刊された文庫本を読んで桜蓮にお手紙を書いてくださった皆様、本当にありがとうございます。
いただいたお手紙は集英社の担当者様より受け取り、全て拝読させていただいています。

皆様からのお手紙は私にとって大きな原動力となっています。
お返事を書きたいと思っているのですが、生後8か月になるチビ姫のご機嫌に左右されお返事を書く時間も取れたり取れなかったり…（涙）
ですが必ずお返事は出したいと考えていますので気長にお待ちいただけると嬉しいです。

最後になりますが、この作品を素敵な一冊にするためにお力を貸してくださった全ての方に感謝の気持ちを込めて…

桜蓮

★この作品はフィクションです。実在の人物・団体・事件などにはいっさい関係ありません。作品中一部、飲酒・喫煙などに関する表記がありますが、未成年者の飲酒・喫煙は法律で禁止されています。

ピンキー文庫公式ケータイサイト

PINKY★MOBILE

pinkybunko.shueisha.co.jp

★ ファンレターのあて先 ★

〒101-8050　東京都千代田区一ツ橋2-5-10
集英社 ピンキー文庫編集部 気付
桜蓮 先生

E★エブリスタで、本書の書籍化を応援してくれたサポーターのみなさん

しぃちゃん	蒼真優	PIANO7
まっきぃ	あやな	さおたん
ハル	さくら姫	akincho
トモ	渡邉 美櫻	waha
みー	桜華	ARAKIS
ゆきを	hiromi☆	アリスペア
乃愛	M。	

著者・桜蓮のページ
（E★エブリスタ）

ピンキー文庫

R.B
~Red Butterfly~

2012年7月30日　第1刷発行

著　者	桜蓮
発行者	太田富雄
発行所	株式会社集英社
	〒101-8050　東京都千代田区一ツ橋2-5-10
	電話 03-3230-6255（編集部）
	03-3230-6393（販売部）
	03-3230-6080（読者係）
印刷所	図書印刷株式会社

★定価はカバーに表示してあります

造本には十分注意しておりますが、乱丁・落丁（本のページ順序の間違いや抜け落ち）の場合はお取り替え致します。購入された書店名を明記して小社読者係宛にお送り下さい。送料は小社負担でお取り替え致します。但し、古書店で購入したものについてはお取り替え出来ません。なお、本書の一部あるいは全部を無断で複写複製することは、法律で認められた場合を除き、著作権の侵害となります。また、業者など、読者本人以外による本書のデジタル化は、いかなる場合でも一切認められませんのでご注意下さい。

©OUREN 2012　Printed in Japan
ISBN 978-4-08-660048-4 C0193

僕が君を迎えにいく——
いつかまた会えたらいいなと思っていた、
忘れられない大切な人。
そんな私の前に「ハル」は現れた。

通学風景 上
~君と僕の部屋~

みゆ

一人ぼっちの美央（みお）。一人ぼっちの彰吾（しょうご）。そして、
一人ぼっちの……「ハル」。一人ぼっちの3人。
ただ会いたかった私の想いは、恋だったのかもしれない…。
80万部ヒット、超人気「通学」シリーズ第6弾！

好評発売中　ピンキー文庫

人は彼らを"イケメン5(ファイブ)"と呼ぶ。

GOGO♂イケメン5
vol.1

桜息吹

スポーツ万能・成績優秀・容姿端麗(たんれい)の三拍子が揃った完璧美男子5人組。なんと、彼ら全員が天然ほんわか美少女・神奈と出会って本当の恋に目覚めていく。この物語の行方はいかに!?

天然少女神奈とイケメン5(ファイブ)の恋(ラブ)物語(ストーリー)

GOGO♂イケメン5
vol.2

桜息吹

イケメン5と神奈の前に新たなイケメンが現れた。地味だった野坂狛兎がイメチェンし、神奈に猛アピール! イケメン5メンバーは危険を感じて…!? エブリスタ書籍化応援企画第2弾!

好評発売中　ピンキー文庫